了解爱 更会爱

廖辉英散文选

廖辉英◎著

徐学◎选编

南方出版传媒

花城出版社

中国·广州

图书在版编目（CIP）数据

了解爱更会爱：廖辉英散文选 / 廖辉英著；徐学选编. —— 广州：花城出版社，2018.4（2021.7重印）
ISBN 978-7-5360-8637-1

Ⅰ．①了… Ⅱ．①廖… ②徐… Ⅲ．①散文集－中国－当代 Ⅳ．①I267

中国版本图书馆CIP数据核字(2018)第047755号

出　版　人：肖延兵
责任编辑：陈宾杰　钟毓斐
技术编辑：薛伟民　凌春梅
封面设计：■■■■■视觉传达

书　　名	了解爱更会爱：廖辉英散文选
	LIAO JIE AI GENG HUI AI：LIAO HUI YING SAN WEN XUAN
出版发行	花城出版社
	（广州市环市东路水荫路11号）
经　　销	全国新华书店
印　　刷	北京一鑫印务有限责任公司
	（北京市顺义区北务镇政府西200米）
开　　本	880毫米×1230毫米　32开
印　　张	7.75　1插页
字　　数	159,000字
版　　次	2018年4月第1版　2021年7月第2次印刷
定　　价	32.00元

如发现印装质量问题，请直接与印刷厂联系调换。
购书热线：020 - 37604658　37602954
花城出版社网站：http://www.fcph.com.cn

目 录
Ｃｏｎｔｅｎｔｓ

辑一　乡土根系情

辑二　自强与自爱

廖辉英谈情说爱

徐学

一

近代以降，中国文化遭灾蒙尘，文学观念亦在劫难逃——"载道"等同陈腐，法度视为桎梏，呐喊解放心灵，不料开启滥情，虽间有力作，却不抵潮流，遂使稚嫩"美文"，绵绵百年。

家为枷锁，欲可放纵，新潮裹挟之下，情书泛滥，爱之倾吐，欲之告白，滚滚而来。今天看来，那些死去活来的爱，众人瞩目的情，大都欲强而情弱，以自我为中心，以纵欲放浪为解放，缺少真正的顾惜与体贴，与中国传统诗文之中那些以百姓家居日常情爱为理想，以温柔抒情为主调的爱情范型大相径庭。

性欲，若不与物欲、权势、占有欲携手，而是基于两情相悦的升华，它的欢乐也是美好人性的一个侧面，是弥足珍贵的情感交流，是一种"美丽温存的源泉"。

超越性爱之上的真情，饱含着责任与担当，相爱容易相处难，难在何处，难在担当，处处为伴侣着想，患难中挺身而出。以为爱情能够克服一切难关，固然幼稚；但相信爱情能成为支持二人携手面对挑战的不绝源泉，则是智慧。情侣，在艰困中突围，凭借的并非朝朝暮暮的男欢女爱，而是放眼长长久久的患难与共。

返观中国古典文学，从托物比兴的《诗经》，率真直言的汉诗一直到宋元以后的话本戏曲，那繁复多彩的相思咏叹，比起西方的恋诗情剧，中国爱情文学对于刻画女性的形体美、容貌美较为简略，更加注重的是其内在的心灵与品格，虽有情欲抒发，但因其真而不为鄙下，如《人间词话》云"'荡子行不归，空床难独守'可谓淫鄙之尤，然无视为淫词鄙词者，以其真也"。中国古人少用"爱"字，潘光旦先生早就说过，中国人的亲情之爱用"怀"字，而最接近西方romantic love的字不是"恋"，而是"思"（见《性心理学》）。思之不得，可转为"恨"。仔细涵泳，比起"爱"字，"思""怀"乃至"恨"，多了几分婉转幽深，添了多少绵密针脚。

"人生自是有情痴，此恨不关风与月"。这里的"思"乃至"恨"，按照当代西方心理学的定义，它不是性欲而是爱欲，性欲的目标是满足与松弛，爱欲虽也常有"性感"，但它不仅求得生理满足，更是希望在另一半身上寻求自我的追寻与完善，由此，生物内驱力斗华为文化内驱力。

在阅读廖辉英时，我忽然浮想联翩。

二

三十多年来，廖辉英是华文世界中夺目不坠的名字，她的作品有通俗畅销的一面，可与琼瑶、杨小云、玄小佛争夺市场份额；她的作品也有思考的深度和时代的真实，引来各方专家评点剖析，收入他们的讲义和著述，也吸引数十名华人学子发展为硕、博士学位论文。

廖辉英先是因为小说和电影被大众所知晓和关注，后来却是因为对两性问题的犀利剖析和诚恳有效的建议为大众、尤其是女性所热爱。她一方面追随时代，努力观察多元社会中的不断变换的两性热点，另一方面勤恳学习国内外，特别是美国富于临床经验的心理学家和两性专家的著述，增广和修正自己的思考。如何自爱与爱人，如何得到幸福也给予幸福，是她思考女性及两性相处之道的原点。

电视节目上，媒体专访中，各种团体的邀约讲演，在学生杂志、女性刊物和大报的专栏里，她与在爱情、亲情与家庭婚姻中困惑的各色人等，持续不断地做卓有成效的交流。每星期她都收到大量的读者来信、来电，甚至电报，每次演讲、专访都有各种问题，她在这无数读者与听众问题的刺激下，自1985年迄今，陆陆续续写下三十本有关两性情感的书籍。许多读者因为看了她的专栏而对婚恋豁然开朗、打开死结。有人因此放弃了自暴自弃甚至自我了断，重新开始。所以，廖辉英成了许多人的廖老师。

三

自20世纪80年代后期廖辉英小说盗印版、授权版在大陆风行十年后，廖辉英在大陆沉寂了一段时间，但多年来她在中国台港澳与海外热度不减。为使大陆读者也能分享廖辉英的智慧和文笔，此次我们选择先推出她的散文集，这最能窥见作者内心的文体。

廖辉英三十多本文集，大都为各类专栏的结集。时间跨度大，内容多，如何选择，对编者是个挑战。

在这本散文集中，我反复斟酌，最终削减了廖老师关于恋爱、婚姻与分手诸方面的案例分析，因为我们更希望读者能看到廖老师的全貌，她的成长背景、家庭生活和心路历程，这是廖辉英最根本的一面，也是廖老师的魅力所在。

选集分为四辑。辑一为作者的乡土情怀，这一情怀既是她的台中童年，也涵容了她的父母面容，从她的青涩岁月一直到她的台北家居，我们从中看到造就作者的时代与文化。

辑二更多的是作者的自强与奋斗，她的联考心路，她的职场经验，她与病魔的搏斗，她与写作和电影，她的游学和交往……

辑三我们走进了作者的小家，自恋爱开始到生儿育女，作者如何经营自己的爱情、自己的家庭，其中的酸甜苦辣，除了给我们美的享受外，也给我们善的力量。

辑四是作者的忠言。对当代女性生活有深入体察，有长期追踪，有多方交流的作者，并不居高临下，而是以宽厚包容与人为善的态度，谆谆教诲，希望读者，尤其是女性读者在面临恋爱、婚姻之时，顺遂时居安思危，困顿时自尊自强，使自己的生命强韧不萎。

<h1 style="text-align:center">四</h1>

有文化内驱力为根底的情爱，当然无惧岁月的淘洗，它如玉，因其质地清洁、莹秀温润，自可从石之混沌中脱颖而出；它若酒，非常人一饮而尽图一醉快感之贪杯，而是多年私家珍藏，土法炮制，一朝启封，自有穿越时空之芬芳。

当然，并非所有的人都能品味出其中的芬芳，因为如今的世界，因为有着太多的卖弄的小聪明，使我们逐渐遗忘了千年不灭的大智慧，人们追逐时尚浮华，并沉醉其中，对偶像的戏剧化自恋，使我们失去了生活的真实感和贴切感，无论是情书还是情话，总在喋喋不休的倾诉中夹杂了太多的夸张和自我推销，甚至用谎言来掩盖干瘪的内容，但这矫揉造作装模作样总能赢得芳心，连带收获一批粉丝。

太多的华而不实中终于出现了朴素的直白，有一点天真，有一点憨，甚至一点窘一点钝，比起八面玲珑，风流倜傥，它显得土气，显得老派，如一首老歌，一处老宅……但它真实明晰，如同乾坤朗朗，青天丽日，专注纯真如孩童，清澈透亮如山泉，廖辉英纯粹的美丽让我获得抚慰和醉意。我耳边响起苏芮《牵手》、江惠《家后》的旋律，心中涌出这样的文字：

爱一个人就是喜欢和她拥有现在，却又追忆着和她在一起的过去，她喜欢听他说，那一年他怎样有着满满的爱意，更喜欢和他一起期盼未来，一直到地老天荒。一蔬一饭里品尝天长地久，一鼎一镬里收获着朝暮暮……

散文是糅不进一粒沙的

我以小说名世，初入文坛，是因两篇小说《油麻菜籽》和《不归路》分别得了时报和联合报文学奖。可是，二十几年下来，我出版了三十本散文创作，不仅数量与小说相当，而且被传诵或转载的概率也不下于小说。我不能说散文是我的最爱，但它的确展现出一个小说家风采特异的散文风格。

我的散文固然是有感而发，却往往因题材不同而会有严密紧致或委婉曲折的风貌出现。我喜欢捕捉人生中不特定因素下所发生的种种小小的碰撞、萍聚、擦肩而过、意外、惋惜、遗憾、迷惑等等，即使是短短的数百字，往往蕴藏着曲折的情事，散发淡淡的哀愁。直到渐入中年之后，读了一些佛经，我才豁然开朗：原来，我一直努力捕捉与描述的，就是人生的无常感——一刹那的欢庆、一刹那的意爱、一刹那的拥有、一刹那的痴迷、一刹那的跌进与走出……就是因为这些不会永远存在、不可能长久的一切，让人生跌宕出那么样扑朔迷离又风情万种的样貌！

我写过以"邂逅"为主轴的数十篇散文，用一篇篇千字文，勾勒出在我的半生中偶然相遇而碰撞出精彩火花的人物，那些人，称朋友稍嫌缘悭，但在极短暂或一两次的邂逅下，匆匆分手；忽而又在十数年乃至二十几年后，在意想不到的地方重逢，也许我们的人生还是没有交集，但看到他一路迤逦而来的脚步，你忽然对生命的某些事心领神会、百感交集或苍茫跺脚、惨然不知所措！

我也曾在伦敦街头，向小贩买过烤栗子和紫红色名唤"维多利亚"的水果，熟悉的与陌生的，同样撩起漂泊游子无端浓浓的乡愁！我想到四季的递嬗、人生的转折，异国他乡和自己的家国，以及人在江湖身不由己的无奈，因而写下《九月黄》这篇散文，表面上说的是在九月成熟变黄的肯特芒果，骨子里却是千回百转、蚀人肝肠的愁绪啊。

三十本散文，每一本都有特定的主题，我喜欢言之有物的文章；可是，我认为散文的文字比小说更得要精心计较、更不能掺水、鱼目混珠，或不小心在满筐珍珠中糅进一粒沙子。文章短、字数少，一有疏漏便易露出破绽和败笔，因此便得小心经营。

除此之外，散文的文字，其实正代表作家的风格。遣词用字、抑扬顿挫、节奏韵律、层次深度，每一位作者自有他的风采。如果显不出自己的风格，韵味平平，这样的文章不能称好。

写作其实和所有艺术一样，多少都需要一点儿天赋，譬如对文字和事物的敏感度、宛如雷达般敏锐观察与善于倾听、柔软的心、捕捉重点的能力等等都算。但是，自我养成也非常重要，必须努力的范围可就广了！多读书、多写、多看、多想，努力增加生命的厚度与广度，把它们当阳光、空气与水一样的尽量摄取，有一天，你终将感觉到自己作品的分量。

辑一 乡土根系情

大半辈子穿梭在都市丛林里，忽然之间，想起小时遍布乌日的一种乔木，叶子散发着某种树香，童年时和弟妹办家家酒，经常采它的叶子做碗盘，那种香气，在中年之后，穿透时空乍然向我袭来！

我小说中的梦土

按理说来，在我至今为止的生活史所占的比例，台中只有小小不到百分之八的程度。

籍贯丰原的我，从来不曾在丰原住过，只有跟着父亲回去过几次，有记忆的只有一次；八仙山林场（父亲曾任职当地林场主任）出生的我，对那里的记忆只有一张坐在娃娃车里的黑白照，一头被自然鬈发覆盖的有着一对梨窝的小脸，除此之外别无其他。

快乐童年塞满回忆

之后，我跟着父亲任职的所在迁徙，在乌日住过童稚的几年，直到读完小学二年级才移居台北。同一段时期，有好几个暑假，我常带着大弟待在梧栖外公、外婆家，有时就到七八分钟车程外的大庄姑妈家小住几天。姑丈家在大庄是世家，占地甚广，有好几十株土芭乐树，长着累累大芭乐，比我人生中任何时候吃过的芭乐都要大要甜；还有几棵龙眼树，可惜我去时都不是出果子的时间；果园里有一条狭小蜿蜒但长得不见头尾的小溪，溪中游憩着为数甚多的土虱鱼，我和大弟曾经并肩蹲在溪畔，看着它们在水中遨游；也曾试着以削尖的竹竿刺中它们拿到餐桌上去当盘中飨……那是比任何游戏都更具有挑战性的狩猎，是很难忘的童年冒险。

当然，童年还有另一种更大的喜乐，是跟着爸妈一起上台中玩耍，看约翰·韦恩的西部快意豪情电影、费雯丽的《乱世佳人》，以及三船敏郎的宫本武藏决斗佐佐木小次郎……当然我是铁定看不懂电影内容的，但即使只能兴奋地指着电影中奔驰的骏马狂喊"牛——牛——牛"，便极其刺激！母亲一边捂着我的嘴，一边小声纠正："是马，不是牛。"我挣开她的手，气急败坏地叫着："牛！牛啊……"还没上学的乡下孩子，谁分得清田里的牛或从没看过的马呢？但那种银幕撞见"旧识"的狂喜，大人怎会了解？

看完电影之后的活动，往往是台中行最高潮的一段。爸妈会带我们去买一福堂的红豆面包，然后到火车站的书报摊抢买我的《新学友》月刊和《儿童乐园》周刊，以及哥哥的《学友》和《东方少年》，接下来的一两个星期，那几本童书，便成为我们的精神大餐，每隔一阵子，只要爸爸再去台中，回来铁定有更新的杂志。

有时为了新奇，爸爸偶尔会带我跑到彰化吃"老鼠面"和肉圆，或是到龙井当医生的姨公家串门子。所以看起来虽然待在台中地区的时间不算长，但因为有个爱走动的父亲，"周游列国"的机会和次数极多，快乐塞满回忆的行囊。

虽然因为童年必须分挑家事而无法与同侪一起玩耍，所以我一辈子没有玩过跳绳、跳格子、跳房子、捉迷藏；可是挖地瓜、扯香蕉、摸蚬仔、摘丝瓜、采橄榄、走田埂躲草蛇、捕蜻蜓和蝴蝶……无役不与，也算尽兴。

穿梭都市丛林心系台中

离开台中之后，风霜雨露数十年，开始想念它那干脆的天气，要么晴天，要么气势磅礴地下场西北雨，一小时左右就鸣金收兵，哪像北部，淅淅沥沥好几天，下得人全身发霉。大半辈子穿梭在都市丛林里，忽然之间，想起小时遍布乌日的一种乔木，叶子散发着某种树香，童年时和弟妹办家家酒，经常采它的叶子做碗盘，那种香气，在中年之后，穿透时空乍然向我袭来！我环顾左右，都是北部花草，一时迷离，以为自己找不到回去的路。

从事专业写作之后，不知怎么，一直回想外婆的一生，贵为医生的妻子，她的一生却辛酸坎坷；幼时和她一起睡的外公不再进到她的房里，我看着她默默梳发髻，黯淡地傅上新竹膨粉，居然也感受到那种凄清。而我父亲跟我讲述他祖父几代的故事，那在丰原妈祖宫前的大宅门内的悲欢离合，不时叩着我心扉的门。

写作灵感来自故乡生活

后来，我一再驱车南下，到丰原妈祖宫前看那已改建成旅馆的旧宅地，宫前石碑还镂刻着曾祖父捐款的字迹，大宅却早已被祖父偷偷卖掉，全部遗赠给二房的子孙。我在那里徘徊游走，想象着那尾不请自来的南蛇，在三合院落里来去自如的情景；也缅想着那些先祖在院落里的生活足迹。一次次地徘徊、一次次地游走，两年后，我写出了老台湾系列的长篇小说《负君千行泪》。

回到乌日，回到小学，却找不着从学校到家里的田埂捷径；光日路的村子，在棋盘交错的房舍与马路中杳然未现；恍然中，看见年仅八岁的自己，站在大门玄关处向中年的我挥手……

人家说，童年是作家的存折。不管你离开故乡多久，它当时为你存下的那笔存款，越往后利息越滚越多，简直就是取之不尽，用之不竭。我相信，故乡是梦土，也是写作者一辈子的丰厚存折。我的故乡——台中。

母亲讲的故事

身为小镇医生最受宠的幺女，在七十年前那种时代，可以到日本留学；平日不做女红，而代之以阅读《文艺春秋》这种另类休闲活动的母亲，基本上是颇有女权意识的。我还记得她最津津乐道的一件事是：外公出马竞选梧栖镇长时，云英未嫁的母亲，站在宣传车上，怒斥污蔑外公对手，颇有万夫莫敌的巾帼气概。

然而，大、小二舅相继病逝，外公娶六妾却苦无一子；加上婚后，父亲不擅治生，而母亲半生都耗在拖磨六个子女有志难伸之后，她那另一面重男轻女的根性，反而蹿高增长，让我吃了不少苦头。

有空又好心情时，母亲偶然会讲故事，故事种类不一，然而，几十年后，我发现自己记得最清楚、印象极度深刻的，却是她叙述自己父祖发迹的旧事。

外公是牛贩兼农夫之子，他的祖辈自泉州移居台湾，到了父母这一代，耕作着犁份的一小块山坡地，要养育包括他在内的十口之家，铁定不够；因此，只要稍有闲暇，我外曾祖父便会到牛墟去看牛买牛，然后转手卖出，赚其中的差价。即便这么汲汲营营，生活依然很难改善。在最穷的时候，他们夫妻只有一条长裤轮流穿，那是在必须见客、外出营生时才舍得穿的。

我外公是他们的长子，下面还有五个弟弟和两个妹妹，食指浩繁，一些同样做农的朋友总这样安慰外曾祖父：孩子长大就好了，他们都是人力。但我那没受过教育的外曾祖父却另有想法，他发现穷人要翻身，除了老天特别眷顾，只有读书一途。可是六个男丁都去读书，绝无可能，不只是学费问题，还有最现实的耕作人力及吃饭问题。苦思良久，他订下家规：凡家中排行奇数的男丁去读书，排行偶数的留下来耕作；但读书者将来必须尽力帮忙耕作者，如买田置产、拉拔他们的子弟作为补偿。这是无奈中力求公平的做法。

就这样，家中那些上学的子弟，个个不负众望：外公考上台北医学校，毕业后为了拉拔弟弟们，尽管成绩优异也没敢再深造，找了个小镇开业行医，履行他对外曾祖父的诺言。其他读书的两个外叔公，都旅居日本做生意，也颇有小成，王家整个家族因此脱离赤贫。

从日据时代进入民国，母亲陷入子女坑中，无暇学中文，等最小的小妹长大，她都五十好几了！常自叹读的书无用武之地；但也因为如此，她常告诫我：女人不能仰仗男人，一来因可能无法仰仗，二来仰仗别人便低人一等，所以要跟男人平起平坐受尊重，一定得受教育。虽然在我一路成长途中，她不可免地重男轻女，让我做很多家事、让我无止境地为哥哥弟弟服务或牺牲，然而，当我出乎她意料之外地考上第一志愿，她也没有差别待遇地为我筹措学费；虽然穷，但三不五时就买书回去读的我，从来也没被制止过。我想：母亲是尊重知识的；我这半生努力，也正明了她一再强调的娘家家训"知识能够改变命运"，的确有些道理。

四十年前的台中经验

忝为台中籍的文字工作者，提起台中经验，事涉文化气息的部分竟付诸阙如，浮在脑际的，全与"吃食"有关。这一点，与文化城台中无关，而是与我的成长时代关系密切——在20世纪四五十年代物质匮乏时期，"台中"代表一种丰富的标杆，某种物质的满足，也代表沉睡的童年记忆。以下是一个住在台中边陲乡区的稚龄小儿的台中经验。

1949至1954年，我们住在台中县乌日乡乌日纺织厂的宿舍。屋舍隔着一大片番薯田与村里唯一的大马路遥遥相望，那条大马路，每隔一小时有一班通往台中市的公路局车经过，睡在榻榻米上，可以听到汽车驶过的声音；如果父母亲刚好在汽车上或可能搭那班车回家，那么那车声必也载着我们的梦想。

什么梦想呢？不要想得太庞大，太巨伟，其实只是一个小之又小的希望的满足。

那时工厂待遇微薄，而我家食指浩繁，所以月中以后，往往无隔宿粮。母亲会翻出她的嫁妆，通常是一些银器，日本绢布，甚至一把小提琴，用布巾小心包好，然后在晚饭过后收拾停当，赶搭八点的公路局车上台中，到绿川街附近去将东西典当。

典当后，母亲习惯去一福堂买几个红豆面包带回家。当时还未到学龄，太小了，以至等不及末班车回家的父母便昏然入睡。但是次日醒来，一人一个，谁也少不了。有很长一段时间，一福堂面包几乎等于四五岁的我心目中的台中同义词。

如果是周末，刚发薪不久，父母便会带着我们一起上台中。简单地在第一市场吃顿晚餐，外加两三个孩子合吃一盘蜜豆冰，简直像大盛宴。然后，弯到火车站附近的书报摊，哥哥可以买一本《东方少年》或《学友》。我则在《新学友》或《儿童乐园》中任挑一本。上一趟台中，同时备办了身心两方面的食粮。那两三本儿童杂志，拿到乌日，可是像宝一般。回想起来，家中虽穷，但弓香门第出身的父母，对于我们购买课外读物，倒是非常大方。

除了这些"节目"，父母有几次也带我们看电影。我初次上台中戏院看的处女影片，据说是约翰·韦恩主演的西部片。银幕上万马奔腾，我这乡下孩子却兴奋又害怕地大叫："牛——牛——牛。"急得父母须全力将我捺住，免得他人侧目而发出嘘声。

某次在台中第一市场附近被父亲带丢了，发现我不见时父母分头乱找，最后在一家面摊前，发现被高高抱在横木椅上的我，正津津有味地吃着老板招待的"切仔面"，一点儿也不想念父母。妈妈当时就笑骂说：干脆给老板"做囡"好了！

雨，下在平原上

日光童年，总是一大摞一大摞，一整串一整串发亮的事物。中部台湾，终年阳光普照，即使在那物质不丰的年代，屋子外面，仍处处富庶多彩。

记忆里的焦点，是村子和小学中间那条有着小小水坝的大河沟。我们在河沟浅处摸过蚬子，野大肥硕，每一只都是道道地地自然生长的。我的纪录最多摸过一大饭碗，带着只差我两岁的大弟一起。村里的妇人，很多是同班同学的妈妈——因为每一年级都只有一班，村中同龄小孩全都是同班同学——在稍稍上游的地方浣洗衣服。

介于上游和下游之间，就在摸蚬子处再往下游过去一点点，有座无主瓜棚。瓜棚是用竹枝架在河沟之上，两头桩脚分别插在两岸。

那丝瓜宛如多产的妇人，在阳光、气候及水的滋润呵护下，时时垂挂着大大小小的嫩瓜老瓜，以及黄澄澄、十足土产的丝瓜花和卷曲的茎须。

瓜主人大约田产甚丰，所以不屑采收这瓜棚下的产物。刚长出来如大人手指般粗细长短的小瓜，往往被附近出没的小女孩摘下来权充家家酒的菜肴，有那幸存不小心长大的，堪堪才熟，就有人趁夜悄悄摸走，留下来的总是因着某种错身而过的因由长成老瓜，长而寂寞地挂着，像养过好些个小儿被过度吸吮的"布袋乳房"，垂挂在水面上，等待成为它最终的命运——菜瓜布。

那年头，在太阳底下奔逐，乡下孩子头上烂疮猛冒。妈妈三不五时向背着竹篓子兜售青蛙的小贩买下十来只，嘱我去瓜棚摘些丝瓜茎须，和着青蛙清蒸，据说清火去毒，疗效奇大。结果如何，我已忘掉，只记得滋味鲜美无比。一两年后，我们搬离乡下，三十几年间，我也不晓得为了什么原因，自己再也没吃过青蛙。

河沟下游是个水坝，水坝下面那段河床，陡然低了将近十公尺。据说该处水流湍急，十分刺激，通常是那些十多岁的稍大男孩裸泳的女孩禁地。大哥每天午后都和一群少年孩子泡在那里，不久就学会游泳。而当时只有五岁的大弟弟，不知天高地厚，水火无情，有次趁人不备，和衣下水，瞬间几乎没顶。当时在场的十一二岁男孩子们，全部吓呆，没一个敢泅过去拉他。幸好有一驻防附近的军人路过看见了，奋不顾身跃入十多公尺下的水中，将奄奄一息的大弟捞起。惊恐狂奔而来的母亲，迎面给了我一巴掌，及至看到大弟回过气来，又千恩万谢地去向救命恩人叩谢。

从此那位张姓军人成为我家的上宾；而那一巴掌实在打得冤枉，因为大哥在现场，而七岁的我根本近不了"禁地"，我只是准备跑回去呼救而已。转眼间，三十多年就过去了。

过河以后，是一大片肥沃的水田，村里的孩子，每天穿过阡陌小路去唯一的小学上学。上下学之际，嗪啪作响，在水田角上弄出一圈圈涟漪的是泥鳅、青蛙或土虱。农人们巡完田水，就有好几篓泥鳅拿到村子里叫卖。妈妈用低价买来，滚油里炸得香酥酥的，或干吃，或再加糖醋、酱油一滚，一直是我们家餐桌上的上品料理。

我们住的宿舍，后面是大地瓜园，右侧则是片聋哑大汉的果园。偷挖地瓜通常出于孩童的好玩和趣味，很少有耐心将之烧烤来吃。至于果园，虽然小身子钻进竹篱笆缝轻而易举，不过，果园里我们并不常去，因为聋哑大汉身量粗大，而果园因种得密，所以看起来阴森，妈妈为防我们糟蹋人家辛苦栽种的果子，总骗我们说那大汉终年守在园子里，被抓到会被割去舌头。即使如此，有一次我们仍伙同三四个伙伴溜进去，果园深处不敢挨近，太高的果树也没时间爬，结果是拼命往上跳呀跳的，去拉扯那我们唯一扯得到的香蕉，完全意想不到地将成串香蕉扯了下来，事后又后悔莫及，想尽办法企图将之挂回树上，当然没有如愿。回到家佯装若无其事，不过白色黏答答的香蕉液沾在衣服上却泄了底，被结结实实修理一番。

稻子收割时，到处洋溢着一种压抑不住的喜悦，浮浮的，心和脚步都像在云端上高高低低踩踏着。踩打谷机的声音、打好堆成小丘的稻粒、一束一束扎得紧紧的稻秆，不小心在干稻草堆里翻滚一圈，马上全身发痒，嚷嚷着回家再洗一次澡、再换一套干净衣裳，自然又招惹来一阵皮痛——但记忆里，那一切全是丰熟的金黄色，连入夜做的梦，也全染上一层金黄色。

灌蟋蟀是最普遍的小神功，乡下孩子没一个不会。挖两个洞，由甲洞灌水，将蟋蟀自其藏身而相通的乙洞逼出，唯一的诀窍在于找到蟋蟀藏身的小洞，并且是未被灌过的。曾有一阵子，大哥那一年轮的孩子，流行把捉来的蟋蟀烤来吃。滋味如何？因没有人传诵，所以一直是个谜。

那真是一段富庶丰饶的回忆，特别是难得下雨的时候。

雨，下在平原上，下在名为盆地而感觉像平原的地方，无声无息没入那丰饶的土地上；然后，许多生命，静悄悄但有劲地孳生起来……

雨，下在平原上，感觉真好，充满未知的希望，充满"将来性"……

这样的关于雨的回忆特别鲜明美丽的原因，不知是因童年，还是因阳光，或甚至是由于遥远的缘故？

也许都不是，而是因为，自兹而后，一年年的，再也没见过那么干净率性的雨，那么被需要，安慰人又予人安定的雨。当时的大地，秘藏无限，与人之间的关系何等亲密！哪像现时这般创痕累累，而且似乎只剩被炒来炒去的地皮价格，虽昂贵，却失去了往昔的珍贵。

中年以后，我曾经回去那一块小时成长的梦土。田不见了，自然不再有阡陌小路；河沟也遍寻不着，可能是被填平盖了房子。三十年间，我自己方寸之间那块心田，耕过、翻过、犁过、休耕过、也转作过，从山高水深到今天平缓无奇，任它日子自是高高低低，而险不再是险，苦未必极苦，走在钢索上，追索既不多，被追逼又不甚紧迫，偶然尚能自得。

这感觉，就像一家人在成功国宅的空地上玩捉迷藏，外子带着一子一女，有恃无恐地从这幢楼招摇奔跑至另一幢楼，仗着相距百多公尺的距离，在来往穿梭的人群里，我这三百度的近视眼难以见他们父子三个。

其实，哪个是他，哪个是儿子，哪个又是女儿，在我眼底了然分明。近视眼不是假的，但人身处某种境遇，眼力凭仗的不再只是生理上的单一功能，而是糅合了爱、熟悉、了解、经验与想象有以发挥。

一次次的，我站在基地上，心闲气定却佯作视而不见地望着他们父子三个，或远或近兴味盎然地奔跑着、躲匿着、欢笑着。

成人的日子伴着孩童的岁月；欢笑与艰苦掺杂着互相拉扯；不足与有余参差夹带；凄风苦雨有如噩梦，下在平原上的雨却永远像一首诗。

走钢索是人在江湖，有自得处，也有身不由己的苦衷。和生活厮杀纠缠到今天，高高低低、起起落落，寻常罢了。

十五月常圆

"郝丽"与"赫鲁伯"台风号称要来的那个晚上，风雨交加中，我为了一桩小小而重要的生活琐萃，赶在商店打烊前上西门町。挤在真是水泄不通的骑楼下缓缓前进，整排都是换季拍卖的衣饰店中，夹着一只小小的店面，也不过两步宽五步纵深，窄长的玻璃柜里，摆满了月饼，眼光一扫，店里墙上用各色书面纸，贴满有关中秋节的宣传字样，乍然间，真有月到中秋的光景。

其实，那时距中秋整整个把月，中元未过，若在早些年，很少商家会跨节做中秋生意。近来拜工商业起飞之赐，在促进消费的大前提下，很多可以借题发挥的节日都被厂商拿来大做文章，炒成热热闹闹的另一番景象，透过大众传播媒体一渲染，人的行为自然而然就去迎合那种模式，成为社会常态，而真正过节的情味，却是淡了。

小时中秋夜，印象最深刻的是，母亲总在月亮爬到中天时，摆一张小旧木桌到后院天幕下。桌上供奉的，往往是一纸盒月饼、两只小而漂亮的文旦柚，大中小叠成三层的圆形绿豆糕，然后点香三炷，自己先默祷一番，再叫过我们兄弟姐妹，依序拈香叩拜。我们只负责叩头顶礼，祷词则由她站在身旁一一代劳，像大哥的是"初中联考顺利上榜"，轮到我是"温顺乖巧、将来好命"，更小的弟妹则无非"平安健康好养育"等等吉利话。然后三炷香插上盛着米的罐头空罐，她转身又进屋子去忙别的事，留下我们几个在院子里，边对天际指指点点，边守候在小木桌旁觊觎着那盒月饼和糕饼水果。那时期，物质不比现在，未逢年过节大小拜拜，难得吃到什么好东西。这些年，我偶然和年龄差距很大，当时犹未出生的幼弟幼妹谈到从前的事，两人不是一脸茫然，就是绝对不能置信的表情。有时想，昔时那种日子，其实也没有什么好抱怨的，因为有了匮乏，一旦稍稍丰裕，便让人心满意足，长久怀念。而生活在高低起伏中，有种曲致变化之美，小小的喜悦、小小的不舍、小小的感谢，堆积起来，变成一长串可圈可点的回忆。后来的孩子，无论如何，无法想象几个孩子围着母亲，等她用刀子切一个月饼成四份或八份，再一人分一小份的那种期待和满足。当时因为母亲有个规定，年龄大和胃口粗大的男孩，常常可以多分一份，所以分糕饼时，我就对自己的排行和性别深恶痛绝，总恨自己不是老大和男孩，那种小女孩的遗憾，大概也很少人会了解吧。

中秋夜的"拜月娘"，在一年四季连绵不断的拜拜中，算是规模顶小的，前后不到半个小时。母亲又跋着木屐到后院准备"烧金"，远远见我们兄妹，有人仰头对月亮指指点点，有人趴在桌沿对供物垂涎瞪眼，她便会扯开高音的好嗓子开骂：

"小孩子老讲不听！月娘是不能指的，指了要罚你们烂耳朵！拜拜是给神吃的，神吃过以后，才轮到你们，这样没规没矩，神会不高兴的！"

边骂边将我们像赶猴子般赶开，随即拉过饼铺里要来的大铝桶，很专注地折着金箔纸，火柴一点，马上点燃。火光熊熊中，一脸虔诚地将祭拜过的酒水之类，对着燃烧着金箔的铝桶，作势绕了一个大圆圈，然后泼下，就算行礼如仪了。

不知道母亲那"指月亮会烂耳朵"的说法是根据什么来的，但小时候，我的耳朵溃烂过一次，既痛又难看，在小朋友面前非常抬不起头，左思右想，自己确实不曾用手指过月亮，那么它罚我烂耳朵，就太不公平了。因此我便趁有月亮的夜晚，向它抗议，同时还举证说，指它的是后村的那个阿明，不是我，它一定搞错，错罚了我。说来也巧，抗议后的次日，我耳朵的溃烂处开始结痂，没两三天，慢慢好转。至于为什么记得这件事，自己也不太清楚，但很明显的，在乡下过的那段童年生活，留在记忆中的"事件"特别多，而且特别丰富有意思。

童年时的月饼，也不是一径那么稀有名贵的。如果景况好，不到中秋就有人馈赠，母亲总是不顾我们嘴馋，只分一两盒，剩下的，硬心留到中秋夜，拜过以后才准吃。农历七八月，中部天气丕是所谓的"七热八热"的酷暑，月饼留到那时，往往就要馊掉；母亲自有办法，她将大煤球炉的炉门关上，让小火保持不灭，然后将月饼一块一块摊在炒菜锅上，不加油，干焖着烘，烘得脆酥酥的，比新鲜时更加好吃。尤其是丰原雪花斋特制的"绿豆椪"月饼，更适合这样加工再烘焙一次，又香又脆又焦又不腻口，似乎直到今天，风味还留在齿颊。

提到雪花斋绿豆椪月饼，家里每个人都有特别的感情。父亲世居丰原，老家大厝就在妈祖庙后面，可以说数十年吃老店雪花斋月饼长大的。中年搬迁后，带着我们远居台北，但每逢差旅经过丰原，总会顺道买两盒绿豆椪回家，让我们尝尝。八七水灾后，父亲带着哥哥、我和大弟，回丰原探望祖父和家宅，夜里父子四人睡在那空旷的木板通铺上，半夜醒来，睁眼看着凋落的天花板、破损的四壁，以及木窗外那株老榕树的影子，小小的年纪，居然第一次也有了凄凉的感觉。那回，怎么也想不到，竟是我们最后一次回丰原祖厝。不久，祖产易手，又不久，老式房厝夷平，换上新式楼房。然后，十多年间，祖父、三叔、四叔相继过世，祖父那一房，只剩他和姑妈姐弟两人。父亲很少再去丰原，也从此不曾再买雪花斋的月饼。大约十年前，我在台北长安西路看到号称雪花斋分店的一家小铺子，喜滋滋买了两盒绿豆椪月饼回去，父亲吃了以后，只淡淡地说：

"很好吃，但是不像雪花斋的月饼。"

当时心里还直嘀咕，年纪大的总是如此，什么东西都比不上旧时的。

后来，母亲不知何事去丰原，照例跑了趟雪花斋，问起台北分店的事，那老板斩钉截铁地一口否认：

"光在丰原卖都来不及，哪还有工夫到台北开分店？"

从此，我就再也不上那家台北的"雪花斋"了。然而，父亲不上雪花斋的心情，有谁知道呢？这四十年，他一直是那种不擅用言辞表达心意的汉子，除了十年前我动手术时，他从新加坡寄到病房给我几封忧伤、哀痛而惊惧的信外，我从未听他讲过任何情绪性的言语，即使因心肌梗塞住进台大加护病房急救，我和丈夫从高雄赶回看他时，他仍旧高高兴兴、打着精神安慰我们说：

"不要紧啦，医生说我的心脏还很强壮，可以用很多年。"

这几年，他苦于心脏病、高血压和糖尿病，人是精精瘦瘦的，牙齿整排掉光；有时回娘家，惊见他未染的头发竟已全白！那种不舍得的心痛，深深击打着我的心灵。谁说只有美人英雄，不许人间见白发呢？自己至爱的双亲，竟在我们惊恐的眼中老去，伴着那无可奈何的悸痛，滚滚而去啊！"但愿人长久，千里共婵娟"，不过是痴心文人一厢情愿的祈求罢了，花若长好，人若长久，我们何苦问天？明知相聚时日如此可贵，但儿婚女嫁，各有羁绊，那承欢的心意尽管殷切，我们却无法将人生的风雨挡住，不让垂老的父母担惊受怕；日子，在攘臂挥拨间惶惶乱乱，连定下心陪两老坐啜一杯茶的心情也没有。这，也叫生活，也叫所谓的成长和壮年吗？

每见中秋月饼充斥，就不觉想起母亲的"多福"饼。

其实那"多福"饼是否真叫多福，从来没有考据过，它的外形就是目前市面上卖的甜甜圈，圆圆的一个圈子，两斤面粉，和上鸡蛋、糖、发粉、几瓢猪油，卖力揉上几回，让那些调料均匀渗透，然后放上几个小时，让它发酵；也可以不等发酵，径自用手拧成一小撮一小撮的，再搓成长棍条状，然后将棍条两端接在一起，成为圆圈圈，放着它发成稍大再炸。

做多福饼有几处地方，母亲特别讲究。其一是圈圈务必要圆，接缝要捏弄得看不出痕迹，因为这是"团圆""祈福"无缺憾的吉利饼呀。做到了这几步，再求其次，那就是将整个圆圈圈搓得粗细均匀、大小如一，显出手艺的功夫。我那时年纪小，没耐性，起初兴致勃勃，慢慢就草草了事。母亲是仔细讲究的人，连这吃食事情也不改求全责备的原则，那些个她法眼看不过的，经常叫我重做，嘴里还骂着"女孩子这样粗陋"的话，在她心中，一直还认定女孩子将来要"靠人吃饭"的吧，所以才时刻不忘教育。

炸多福饼，在今天使用瓦斯炉的情况下，一点儿不难。但从前烧生煤炭，火势大小常用炉门控制，炉门开关有一定学问，一不小心，火可能熄掉，必得从头生起。母亲嘴里一边叮咛："等油沸了再放进去，顺着锅沿慢慢放下，才不会溅油。"一边拿着一个个多福饼示范："火要小，等表面炸成……唔，你知道吧，炸成像狐狸的毛皮颜色，那才叫漂亮。"

其实，我又没认真看过狐狸的毛皮颜色，母亲那样说，我猜一定是家政学校课本上教的。我站在她身边，心底虽然难免嘀咕她迂，但却也认真专注地听她说明、看她示范。常常两三斤面粉，就能炸成一堆，装满两盒高高四方形的饼盒，在那不是很有余钱买零食的年代，这些"多福饼"，真是造福孩子不少，最起码，多福饼可以自由取食，不用分配；虽然味道比不上今天市面上卖的那些五花八门的饼干，但是直到今天，我还是喜欢那不够甜、不够脆、不够松的"妈妈多福饼"。或许，那份喜欢，是伴着午后斜阳里，母女俩站在敞开的木门前，面对着油锅，一个丢进、一个捡起的怀念吧。

多福饼连着做了好几年，直到我和大哥做事为止。也许是母亲老了，也或许是家里多了两个有收入的人，再也无须俭省那买月饼的钱了。那年中秋，适逢月底，大哥和我身边都没剩什么钱，中秋节前一天，他下班来接我，两个人商量着要合买一盒月饼。我坐在他那辆老式本田五十CC机车的后座，膝上放着那盒十块装的广珍香月饼，在黄昏的台北街头，听着老机车不断发出噗噗声，老牛拖破车般地在来往人潮中吃力地往回家的路上开去。当时，我才毕业，而哥哥英挺俊拔，腹平腰直，刚刚在他那一行里崭露头角。那时候，年轻的我们，对未来一定是充满希望的吧，才会在那份微薄的薪金下，精神奕奕地努力。

那个黄昏景象，一直刻在心头，往回看时，不是追念似水流年，虽然哥哥如今已两鬓微霜，身材显见发福；而我自己揽镜不用细看，皱纹早已深深霸住眼下……而是呵，那种殷切要给弟妹们欢喜的心意，那种同心协力拉拔一个家的信念，那种同一血缘相似回忆的成长，在各自奋斗的沧桑里，逐渐模糊、逐渐凋萎、逐渐远去……

渐入中年的心境，虽然也正是如某位同窗所称的属于承先启后的"社会中坚分子"，然而，夜窗下就着秋月，仔细探问自己：究竟对人生有什么祈求？那回答竟是很安分守己的"岁月无惊"而已，多么起码、多么不志向远大的期望！

老 爸

　　二十五岁以前，父亲在我心中的形象是模糊、不定而遥远陌生的。

　　他是一个典型的旧式知识分子。工科毕业，在他那个时代，算是高级知识分子，不过，这深厚的基础并未帮助他在日后青云直上，过好日子。我想本质上他是一个率性的人，不太懂得经营生活。他一笔"工"体字，写得非常漂亮工整，油画画得更见功力，这两项特长，他最引以为傲，可惜六个子女中，无一能够"继承衣钵"，大概这也是他最觉遗憾的地方，就像他常自诩数学很好，而子女中没有一个不曾在长期求学过程中，备受数学"残害"的。

　　年轻时代的我，总觉得父亲天真而率性，经常像个孩子，这也是他不太汲汲于追求功利，短于经济计划，长期导致母亲叨念不满的原因。

　　我们跟他过过长时期的苦日子，可是尽管家用拮据，他却经常在领薪日为我们兄妹买回当时在乡下未必很普遍的《东方少年》《学友》及《新学友》等儿童书。他时常与母亲为钱争执，大部分时候，我们子女都偏袒母亲，因为母亲惯于诉苦，我们比较能够感知，父亲则吵归吵，很少跟我们做任何沟通，因为他认为那是大人的事，小孩不用知道。

可是，即使在那么艰苦的物质条件下，他仍经常自他自己的零用钱中拨出一些给我们。这个习惯，我一直到年纪稍长，才了解实在并非容易。

自小到大，他一直以我的功课自豪。我想父母都爱我这是毋庸置疑，唯在父亲眼中，我比较能肯定自己；在母亲口中，我则常觉自己仍有缺失，未能让她满意。

在我们家，头两个孩子参加联考都是大事，母亲在家烧香、礼佛、诵经，父亲则负责陪考。凭良心说，在我也有陪考经验之后，我才发觉他是个多么难得的陪考人。

他很有耐性，照顾周到，而且最绝的是，他从未看过我的教科书，可是在临考前，他经常福至心灵，会提醒我一两个问题，他说："这个一定会考。"我不以为意，但仍姑且翻看一遍，结果试卷上果有此题，我一直搞不懂父亲怎会有这本领？！

我是一个开窍很晚的人，二十五岁以后，才逐渐了解父亲温暖而荏弱，不似母亲骄傲而坚强。就以一直是家中笑谈的拔牙一事来看，他们两人态度真是截然不同。

母亲数年前准备装假牙，必须一口气拔掉十颗坏牙，每隔三天，她须去拔二至三颗牙，当时她已五十余岁，我们都觉不妥，可是老人家一意孤行，不要我们陪，很勇敢地完成壮举（后来我们派小妹暗中跟踪）。

而父亲牙痛很久，已经摇摇欲坠，痛不欲生，最后在我强迫压阵之下，才勉强去看牙医，刚坐上诊疗椅，他已全身发抖，我一方面抓住他，一方面安慰。结果那颗牙在十秒钟之内便被拔下，实在是摇得差不多了。

四十年来，父亲经历了许多艰苦的事：祖母、伯父及两位叔叔的死，相继摧折了他的心志，尤其后两者死时，我见他沉哀至极，几已麻木。

那些年，战乱虽已结束，然而太平日子中的经济不景气，人海倾轧，也使老实的父亲吃了许多苦头。

他是一个不会诉苦的人，从小到大，我们只见他高兴时会引吭高歌，歌声平常，而声音愉悦。长大之后，我才了解，他真是一个容易满足、容易讨好的人。

也许他这一辈子曾哭过一次，那眼泪是为他最钟爱的女儿流的。当时我二十六岁，必须动一次生命攸关的大手术，从检查到决定开刀，非常仓促。当时父亲人在新加坡。我进手术房时，他打长途电话回来，无人接听，他发狂似的在国家公园奔驰洒泪，唯恐我一去不回。手术住院期间，我心绪低落，但只有看他每天一封的快信才掉眼泪。他曾说（实在是不太通顺的至情之言）：

"孩子，你掉一滴泪，爸就掉两滴泪；你哭一声，爸即哭两声。"

似乎是那次，我才明白，这沉默的父亲，是真正如此爱他的子女，但却直到那剧变，才逼他表达出来。

六十岁以后的父亲，在一次可怕的心绞痛中，被送进台大医院急救，从此即一直为心脏病、糖尿病及高血压所苦。我常想，那么怕痛的父亲，必须时常进出医院，实在是很不得已的不得已，尤其他每早必须由弟妹为他注射一针（治糖尿病），更是苦不堪言。

我想，我是承袭了母亲的坚强意志，却又承继了他软心肠、怕痛的毛病，每当波涛过去，我省视自己心灵所承受的酸甜苦辣，很自然就会想到父亲：四十年来，生养六个子女，这温暖而率真的老爸，他的心灵，究竟被多少酸甜苦辣碾过？

丽日童年

前两年，我的长篇小说《负君千行泪》即将定稿，我这"丰原人的女儿"，特别驱车前往小说中的场景——丰原祖厝做一番巡礼。慈济宫及土地庙依然香火鼎盛，只有祖厝早已变卖，改建为一整排医院、旅馆和其他店面了。绕树三匝、无枝可栖，唯有晞嘘。

我怀着一种末代"王孙"的复杂心情，临时决定转往我童年真正生活的地方——乌日。

昔时只有一条大街、两家戏院、一家纺织厂及一所小学的乌日，如今却是车行十数分钟，尽是热闹的街道和熙攘的人群，乌日小学在何处？一直问了三个人，才找到面目全非的大门。

校内园景自然早已改观，扳指一算，我在那里读小学二年级，已是距今将近四十年的旧事了。校园内原来两洼鱼池，早已填平；通往昔时我家光日路的后门现长年上锁，而且外面再也不是一望无垠的稻田了。

三十多年前，当我们趿着"开口笑"的红布鞋，走过村子里水蛇出没的小溪上头的独木桥，再走过蛙鸣处处、不时有四脚或无脚冷血动物出没的小田埂路上学时，经常战战兢兢，头皮发麻。因为，传说中（即同学们的猜测）我们导师两个脚踝上长年贴着纱布的四个伤口就是叫蛇给咬的；至于蛇为什么一口气咬何老师四个地方，倒是我们不曾想透的谜点。不过，尽管怕得要命，但除非下过雨田埂泥泞难行，我们宁愿舍大马路走小路，一来是路程近很多，二来是走田埂既有趣又凉快，走走停停，田里总有些东西吸引我们的注意。

说到那一大片稻田，那可真是我们村子里小孩的大乐园。

稻田旁，较靠近村子的那条小溪，上游水浅，是村子里那些妈妈们浣衣的所在。一块块平滑的大石头，长年在杵衣、搓衣中日益平顺滑溜，妈妈们各据一方，边洗衣边东家长西家短的，使这辛苦的工作减了好几分辛劳。

中午过后，孩子们放了学，小溪上游就成了低年级学童的游憩所在。我们在那里戏水，摸蛤，蛤仔又大又多，毫无污染。有一次，我和大弟一个多小时便摸上来一大碗，拿回家献宝给妈妈加菜，却因满身污秽，被一怒之下的母亲给丢到屋外，害我们心疼得要命。

溪上有块瓜棚，初夏时开完黄花，便陆续长出小丝瓜来。那棚丝瓜真是命运多舛，长年无人照管，小瓜长得堪堪一条大人中指大小，便被我们这群没有玩具的乡下孩子采下，当办家家酒的盘中飨了。在溪水中央，我们采不着的地方，几条瓜得以寿终正寝，长年挂在那里，最后成了菜瓜布，不知被哪家拿去洗碗。

小溪从中游以降，逐渐底深水湍，到了下游，突然一个陡坡，下降大约五公尺之深，在那儿，人们将它筑成水坝。水坝下方水急又深，有点儿类似《西游记》中的水帘洞，那是村子里擅泳的大孩子嬉戏的绝佳所在。

某个夏日午后，大哥和一群同年纪的小孩在那里游泳嬉戏；当时只有五六岁的大弟，傻乎乎地在无人注意时跳进水里，即刻因不谙水性而在溪中载浮载沉。情况那么危急的时刻，当年只有十一岁的哥哥和他的同伴也吓得手脚发软，无人可以搭救。

千钧一发之际，适有一军人叔叔出现，即刻跳入溪中，将奄奄一息的大弟捞起。

结果，负责照顾大弟的大哥没事，只比弟弟大两岁，跑回家求救的我却挨了妈妈火辣辣的一巴掌，气得我当晚绝食抗议；妈妈可是一点儿也无动于衷，忙着为大弟"收惊"，又忙着做好菜答谢弟弟的救命恩人。

除了水之外，陆上玩的事物更是多得不可胜数。

我们家右边紧邻一位哑伯的果园，后院开门出去就是一大片番薯园。

哑伯的果园种了芭乐、香蕉、龙眼等一大堆果树。说也奇怪，虽然他的竹篱笆围墙难不倒我们，一钻就进去了，可我们从未偷过成熟的果子吃，而是偷偷采下不能吃的果实办家家酒。这也算是盗亦有道吧。

至于番薯园可没那么幸运了。

我们偷偷带了铲子去掘土，每次挖出三五个番薯，拿到远远的河边，用石头起灶烤来分食。夏秋之交，哥哥和他的同伴就改烤蟋蟀，听说又香又脆。由于捕获量不多，始终分不到我口边，所以我终究还是没有吃过那哥哥口中的绝世美味。

我们家右前方有个又深又黑的防空洞，传说有鬼。某次，我们五六个人结伙进去，越走越深、越深越怕，到了底，却撞见邻家大哥哥和一个大女孩。结果一阵咋呼，我们全被赶了出来，虽然大家七嘴八舌讨论半天，判断里面应该没鬼，不过防空洞里空无一物，那阴森森的感觉又令人毛骨悚然，所以后来我们又进去两三回，确定没有冒险的价值，从此就将它放弃，成为拒绝往来地了。

乌日街上，原来有家戏院，就在纺织厂隔壁不远处，专映"国片"。由于查票很严，每次混进去，总在查票口就被拦截，"壮烈成仁"地被扫地出门，所以我们很少光顾。

不久，上街靠近派出所的地方，又新开张了一家电影院，两层楼，设备新不说，映演的片子也好看，大部分是彩色片，有西片，也有日片。那长得很丑的走路扭屁股者（后来我才知他就是大名鼎鼎的约翰·韦恩）主演的西部红番片演过好几部；三船敏郎和鹤田浩二主演的《宫本武藏》分上下两集映演，上集是爸妈带我们去看的；等下集上演时，爸妈却因月底家用告罄，没有意思要管我们这一份渴望。大哥于是发挥他筹募资金的本事，我一元、大弟一元、大妹五毛地硬凑出一张电影票，然后我们兄妹四人就凭着那张电影票全数进了电影院，看完两次（因为不清场）《宫本武藏》下集。

过了些日子，哥哥吵闹得逞，让爸爸给他买了一把木剑，整天模仿严流岛决斗的宫本武藏，煞有介事地比画。

某一个周末下午，母亲傍着弟妹睡午觉，我瞧见大哥斜背他的水壶，提着木剑，穿上布鞋，神秘兮兮地溜出门去。

我迅快尾随而出，在后喊住他。

"哥哥！你要去哪里？"

"嘘！"哥哥紧张兮兮地用手指比在嘴唇中央，示意我噤声，"我要到很远的地方，像宫本武藏那样，找一个地方练剑。"

"我也要去。"我急急趿上布鞋。

"不行！那个地方很远，你太小，又是女孩子！"

"我要去。"

"乖——我先去探路，下回再带你去。好不好？"

我想想，我没木剑，也来不及准备水壶，看来只有下回再去了，因此不再坚持。

"不准跟妈妈说喔！不然她会不让我去。"哥哥叮咛着，很潇洒地向我挥挥手，走出光日路，那路数竟至有点儿像宫本武藏呢。

那天下午风雨开始大了起来，妈妈在村子口大声呼叫哥哥的名字。每次村子里每一家的妈妈，都是站在家门口向外呼唤自己的孩子：

"阿狗仔，吃饭啰！"

"昭明，洗澡啦！"

"阿美！回家啰！"

然后在外面玩得昏天黑地的孩子，便会随着召唤回家；不然，也有听到喊声的第三者会鸡婆地转告：

"阿狗仔，你妈叫你回去啦。"

可是，这次妈妈喊破喉咙，还是不见哥哥踪影。妈妈急了，跑到村子后去找人，可是平时和大哥玩在一起的伙伴，全没见着他。

爸爸下班回来之后，急吼吼地说有强烈台风来袭，扭开收音机，播的也是同样消息。妈妈都快急哭了！我想，无法信守和哥哥间的约诺了，只好告诉妈妈实话。

妈妈一听，简直就要疯掉，急吼吼问：

"有没有说要去哪里？"

我摇头。

妈妈忍不住大骂：

"笨啊！你简直笨死了！居然不会早点告诉我……现在他不知人在哪里。大台风夜，我的憨儿啊……"

爸爸想了想，一直猜不透哥哥会往哪个方向去。天已全黑，外面风雨怒号，没办法，最后决定报警。而妈妈已经开始哭了！哥哥毕竟只有十岁零两个月大啊，能走到哪里？

正当爸爸穿好雨衣，街上派出所派来了警员，说大庄来了长途电话，叫我们去派出所接听，好像是我们家的孩子跑到那里去了。

妈妈喜极而泣，父亲则匆匆忙忙赶到派出所。原来，电话是住在大庄的姑妈打来的。大哥自中午一点开始步行，往梧栖的方向一直走。本来雄心万丈，以为可以像电影里宫本武藏那样不吃不休息的，谁知，走到大庄时，天黑了，风雨又大，肚子也饿，人更累坏了，心一慌，便在马路旁号啕大哭，被路人带到警察局，一问之下，才知大庄有个姑妈，于是请姑丈去领回，再赶紧通知我们。

哥哥出走练剑的闹剧结束不久，我们就举家搬到台北。离开了那终年丽日当空的"乌日"，也远离了一望无垠的稻田、宽敞的稻埕、富庶而无奇不有的田野、在纺织厂围墙外就可采到的青橄榄树，以及快乐的童年。从此，开始了挤公车上学，做参考书上的习题，被老师用粗藤条体罚，自家前门紧挨着别人家后门的台北居停生活。人生就是这样，岁月不断推移，来不及评判好坏，来不及决定要驻足还是疾行，日子就那样过去了。

写我父亲二三事

　　小时候，对于父亲的印象，泰半来自母亲的"二手传播"。因为父亲正像当时许多台湾家庭的男主人那样，看起来很忙，经常早出晚归，自然与孩子们相当陌生；何况父亲又是那样一个拙于表达自己的旧式男人。

　　母亲的二手传播几乎都是负面的。"贫贱夫妻百事哀"是个铁律，一个女人必须用她生命中最精华的二十年生养六个子女，每天一睁开眼睛，面对的就是生活的可怖面，叫她如何有好言好语提及那治生本领不高，且又不甚体贴的枕边人？

　　而父亲之不善表达自己，只怕与他不幸的青少年经历有关。

　　祖父据说治家甚严，这"严"，又是严于对妻子、儿女。祖母从前买菜，回家报账，短少一角钱，居然被祖父斥责终日、追究不休。所以当年祖母病重临危时，对祖父甚有微词。

　　祖母病殁后，祖父很快又将台北的一个烟花女子娶进门，还带了两个拖油瓶。后母进门，前妇所生子女自然待遇不好，大伯父因细故被责，投河自尽。

　　尸体捞起，不能抬回，父亲一个人在黑天黑地里彻夜守着亲哥哥的尸身，那种哀痛，不言可喻。

过了几年，大叔与二叔先后考上台北帝国大学药学系与医学系，只读了一学期，就因家里不给生活费和学杂费，纷纷辍学就业。祖父与父亲、叔伯之间，父子情薄，后辈子弟对祖父的怨，只怕还加上了祖母的那一份。

其后不数年，祖父居然又受了后妻的撺掇，偷偷将丰原的祖产完全变卖，举家（自然是与后妻所构筑的"家"）迁往台北。父亲同母所生之兄弟，无人知道祖父搬迁去哪里？为什么好好一个家园就不见了？

若不是某一天，祖父非常不巧地被大叔遇见，只怕父亲他们三兄弟一辈子也不知道自己的亲生父亲去了哪里。但是，被遇着的祖父却严词峻拒亲生儿子造访，理由是后母不愿看到他们。后祖母带去的拖油瓶，每个人都经祖父大力安插，有了很好的工作，因为祖父资产数亿，是几家大公司的常务董事，很有些影响力。但是大叔、二叔在三四十岁的盛年，先后因肝癌和胰脏癌猝逝时，印象里，祖父并未探视过他们，只有出殡时，白发人送黑发人，形式上由他杖棺数下而已。

所以父亲每谈起祖父，只有"无情"二字，再无他言。有次父亲谈起他的大半生，感慨系之，他说他就是因为祖父太绝情，他身受其害，家破人亡，因此他才对儿女特别有情。

这话一点儿不假。

八七水灾那一年，是我们家境况最不好的一年，水灾的祸害，虽不曾影响我家（因为灾情大半在中南部），但父亲任职的某大电器公司，却已经终年发不出薪水了。六个小孩，食指浩繁，学费、生活费和房租费，件件要钱，仅有的积蓄早已掏光，能借能典可卖的，也全都出笼了。父亲在走投无路之下，想起是否可以回家向祖父商借一点儿钱周转救急。

当时还是暑假，父亲因之带了哥哥、我和大弟，搭上南下的普通车回丰原。

大水灾后，沿路满目疮痍，父亲虽不断指点给我们看那块让莺歌得以命名的巨石，又讲了有关郑成功的民间故事给我们听，但是，他看起来实在心事重重。

我那年已经十岁，是个敏感懂事的小孩，有点儿嗅得出父亲的心事。我问他：

"祖父会借钱给我们吗？"

父亲沉吟了一下，不很确定：

"不晓得。阿公非常有钱，而且我从前每个月的薪水都交给他，直到你生下来满了两岁之后。"

父亲的不确定，到了抵达丰原见到祖父后，立即分晓。祖父非但不借钱，而且还狠狠地将父亲羞辱一顿。

那一晚，我们父子、父女四人睡在一间空的统铺上，没有被子、毛巾被等任何遮盖的东西，更无枕头之类的寝具，四个人和衣睡在硬木板上。到了半夜，我冷得惊醒，才发现父亲脱了衬衫、长裤，盖在我和弟弟身上，他自己则坐在一隅，正在落泪。

看到我醒来，父亲一向知道我懂事，含泪对我说：

"你阿公无情，爸爸对你们绝对不会如此。"

父亲对我们，枭然深情。他曾说过：只要孩子好，他个人无所谓。这大半辈子，他不穿华服，不吃山珍海味，是个很容易"款待"的长辈。工专毕业以后，他换过很多工作，但没有因病请过假；他曾赋闲在家，却不敢在家待上二十天以上，只要有工作机会，即使条件太差、很委屈自己，他也忙忙地上任，因为他深知六个子女嗷嗷待哺，全靠他那一双手！我做事就业以后，经常倦勤，也常因种种原因而亟欲换个工作，想起父亲一辈子努力辛勤做事，自己没有享什么福，倒是拉拔大了我们六个子女，供我们每个人念到各自求取的最高学历，谁也不曾因经济因素而影响求学。我们六个人长成就业，他从未曾开口向我们索取过什么，到今天七十岁了，他仍然兼了几个顾问工作，"自力更生"。

　　我想我性格中一些温暖和体贴的地方，大约来自父亲的遗传吧——爸爸不也爱说"辉英最像我"吗？

莫道当时是寻常

6月11日晚间，在风雨交加中，从长途电话里得知父亲因心脏病突发，在台大医院急救，有生命危险的消息时，我在泪眼模糊中，匆匆忙忙和丈夫搭上国光号直奔台北。

大雨沿车窗外奔泻而下，我的泪则不断地往下奔流。想到父亲一向硬朗，应该没有问题，又想到他一生劳苦、烦忧满心，而从不吐露的自苦和坚忍，就又忍不住心痛和忧心，到底，他病得多深多重？他忍受了多久才达到极限而爆发？

四个多小时的深夜奔驰，我企图专心默祷父亲平安度过危险期，长命百岁（甚至愿以我的生命和他交换），但往事历历、臆测多端，又不断地打断那虔诚的默祷。不知是风雨还是恐惧，我只觉周身寒冷、坐立不稳，如果通知早一点儿，搭上飞机，赶得及晚间的加护病房探病时间就好了，最起码我可以亲眼看到老父的现状，知道他怎么苦、有多严重，而不必在揣测想象中无名地恐惧。

我的思绪在生死两端漂泊挣扎。会吗？怎么会呢？怎么可以呢？不！一切都会好的，这只是一种警告，警告那些因忙碌而轻忽日常晨昏定省的子女们；这只是对一向轻忽保养的人的一种轻罚和提醒……但是，老天，在这种命运的节骨眼上，由得了人吗？可以吗？

我想到自己在高一时第一次开刀，是父亲双手抱我爬上三楼病房，是父亲瞒着医护人员和母亲，偷偷买我爱吃的荔枝来给我的；第二次动大手术，是七年后，通知去得晚，当我进行手术时，父亲在新加坡因无法看着爱女入手术房而独自绕着公园垂泪。那是一项几乎改变一切命运的手术，我在病床上读父亲来的信，心事和着感动，涕泪纵横，他说："孩子，你掉一滴泪，父亲就掉两滴泪；你笑一笑，父亲就笑两笑。"那是多么不通的文章，可是那其中的至情至性，力透不通的文字，深深撼动我的心灵……那几年，觉得自己多荏弱，而父亲是多么强壮、多么值得依靠啊。那种对父亲的形象一直不变，直到这次冲击发生，我才瞿然而惊，原来父亲满头银丝，已迈入衰老之年了，他对我们的照顾已显无力了。

许多眼前的人与事，转瞬便已消逝，所以纳兰容若会惨痛地说："当时只道是寻常。"眼前，也许只是和亲人闲话家常，也许只是刚好和他在灯下相对而坐，也许凑巧是为老人家捶了一次背……朋友，谁能说这些皆是寻常唾手可得的事？谁能逆料同样的人、同样的事、同样的情不会仅此一次、终生不再？

人生多么不可思议，未来一片未知。我感谢那严酷的生命，在它肆虐之前，仍不忘先来一下警告，使人们及时警觉，适时掌握。然而，生命终究仍是变幻莫测的，眼前一切，莫道皆是寻常；明日世事，茫茫无绪，又岂由得了人？

汉子的魅力

——父亲节为天下父亲而写

很久以前，当我们还很年轻时，有一次大伙儿结伴在大坪林露营，当营火烧尽、大家喝得醺醺然醉态可掬时，一个男孩子唱起一首英文歌止："一个男孩子要成为真正的汉子，需走多少路……"他的歌声实在不怎样，但他的表情又严肃又认真，显然这首歌对他具有某种启示，在他那样的年纪，这首歌所唱的，是否就是他努力的目标？在星光明媚的溪畔，我用更年轻的眼睛看着这个汀着赤膊的男孩子，毫不动心地评估着：这样瘦、这样稚嫩的双肩和胸怀，能维护一个女孩子，负起沉重的责任吗？

多少年后，当我也走了许多路，满眼风尘，懂得用较成熟的标准评鉴男性时，我突然了解了那首歌的意义。

潇洒英俊、才华黄溢、多金多企业，会使一个男性迷人于一时，而未必有味于长久；就像女性的美丽一样，目迷心眩，终究是短暂的，其他的特质才叫人留恋。那么男人叫人动心而心向往之的，又是什么？我想，有担当、肯负责，应该占着很大的比例。能如此，方才称得起男子汉。而一个男孩子，又须走多少路、历练多少事，才能成为男子汉？

在社会日益繁杂、男人的责任愈繁重的今日，欧美日本有许多逃家的男人，受不了家庭重责的压力，干脆一走了之，在茫茫人海中消失了。留下一大串该负的责任给家庭中其他的成员，成为不负责任的男人；像这种，即使空有昂藏之躯，有不世出的才华，有显赫的学历背景，仍不能称为汉子。

相反，常见许多克勤刻苦的基层人员，为了他们的家庭，默默地辛勤工作，忍受低薪、艰苦、情绪低潮、工作问题等等，甚至牺牲个人的梦想和享受，只求家庭圆满，免受风吹雨打。这是因爱而产生的责任感。

在企业中，各司其职，原应各负其责才是。可是，有些人常不能做好自己分内的事，不是敷衍塞责、得过且过，就是恃才傲物，无法敬业乐群；否则即是尸位素餐，偷鸡摸狗，以为自己只是一颗小螺丝钉，无足轻重，也无须努力。像这些，都是不负责任的表现，也愧对"男子汉"之称。万一企业或工作中发生问题，能勇于负责，承担错误，更承担起修正补救工作的人，更是少之又少。而能如此的男子汉，又有多少？

可是，许多人对于男子汉的定义往往曲解或误解，以为好勇斗狠、出手阔绰或俨然大男人派头，即是所谓的男子汉。真正的汉子，其本质是谦冲自牧，有爱心而能宽宥、体谅的。唯其谦冲自牧，才能进步敬业、乐群合作，完成使命；唯其有爱心，才能坚忍卓绝、牺牲奉献，为家为国；又唯其能宽谅，才能完成大我、忍于私怨，任重道远。

男性在成长的过程中，必须克服自己年少时候的血气之勇；又必须在变相的英雄主义作祟下，澄清自己要走的路；然后又需在人伦五常中，训练自己负起责任使命，这实在是漫长的一段路啊。一路行来，谁又知晓其中的辛苦？

许多平凡的父亲，其实都是真正的汉子。他们未必功业彪炳、事业辉煌，说不定仅仅是一个小市民而已。但是，在他的家庭里，在他的妻、子心目中，他却是一个顶天立地的汉子！因为他，才使这个家免受风吹雨打，而在丰衣足食之际，充满天伦欢笑。我们的儿歌中有首《哥哥爸爸真伟大》，的确是千万子女的心声！爸爸怎能不伟大呢？谁像他那样风雨无阻地出门挣钱、为一家衣食奋斗？谁像他那样辛苦、终其一生不曾罢工？谁又像他那样坚强，不曾对着我们诉苦抱怨？爸爸怎能不伟大呢？

可是爸爸最叫人感动的，又在哪里？是他担起一生的重担，克尽一家之主责任的担当——没有求援、没有怨怼、没有中途放弃的汉子的作为！非常小的时候，善泳的父亲曾多次将我和大弟抱坐在腹上，而仰游于新店溪中。当时，只觉得真好玩，与爸爸在一起玩真有趣而已，长大以后，我才知道，即使善泳，在腹上载着两个稚儿仰游，也是相当艰难的工作。可是父亲为了博取我们的欢笑，还是勉为其难，努力支撑着；就像这将近四十年的艰巨岁月一样，他很少请病假，更未曾快乐度过假，没有任何享受和嗜好，为了赚外快贴补家用，甚且放弃了他最喜欢的油画和电影……如果不是为了一份爱和责任，谁能如此过他的大半辈子？而天下多少父亲，也像我父亲一样，是这样可敬的汉子！

八月八日父亲节，为了他给我们这一长串不受风雨摧残的美好日子，请告诉他：爸爸，您真伟大，我非常非常爱您！

回不去的 "故乡"

　　四十多年来，习惯在籍贯栏里宣称自己是台中县人，其实我离开那里已三十七年。在短暂的八年台中县居住史中，居然曾经住过四处地方，因此每当有人在县籍之后继续追问哪里时，我便犹疑起来，到底答丰原好呢？还是乌日？或是我出生之地梧栖？亦或是襁褓时父亲工作的八仙山林场？

　　成年之后，到处奔波，过境台中或滞留中台湾，风尘仆仆，经常身有任务，过客一般只急着往下一站推进；当然，自恃年轻，往前看、向前扑，尚且不及，又哪里有暇回顾？

　　不过，最重要的，也是真正悲哀所在，是自搬离出生地之后，家族已无祖厝在当地，屋不在人已走，要回头也无人可以相寻，无 "家" 可以逗留了。

　　几年前，开始积极地找时间回四个地方去寻根。经过将近四十年的变化，沟圳填平、古厝推倒、庙埕辟为马路。根据地方父老的指点，加上家父的口述，方能一点一滴描绘出旧时家园！我站在那昔日叫作葫芦墩的丰原慈济宫后方和土地公庙的庙埕之间，车水马龙像岁月的呼唤，将我拉回往昔那些布衣草鞋的先民时代。

但是，去找寻我就读小学一二年级时的"故乡"乌日，却没有这么幸运。

光日路已成热闹的街道，乌日小学正在大兴土木，校园内两个大鱼池早已填平，代之以很有规划的园林。三十七年前，学校后面连着阡陌良田，我们即穿过田埂去上学。但今天，当我问路于人，想重寻幼时的足迹回家时，我的理智忽然短路，记忆昂然穿越三十七年的时空，对他说：

"我想走稻田去光日路。"

那人想了很久，打量我这中年都会女子是否有哪里不对劲，最后才客气而实际地说：

"后门锁上了。"

记忆之门锁上了！我回到"故乡"，却找不到回"家"的路。

那个下午，我绕着面目全非的昔日印象中朴拙少人工的校园，寻不出丝毫记忆景象。

乌日村已不在，光日路变成商店云集、车水马龙的大马路；哪里有地瓜田和那一大片哑巴伯伯看守的果园？

光日路四号，以及我们扮家家时的防空壕；纺织厂的橄榄树，以及通往牛埔仔、幼时哥哥提着木剑去寻仙的黄土路；唯一的一家电影院，我去赊过账的卖西瓜的水果行……像谎言一般，被同行的儿女不耐烦地拆穿：

"哪里嘛？在哪里？"

我们最后去的是梧栖。

建港之后，许多亲戚反而搬离地价飞涨的此地。

车子在梧栖绕了三圈，终于找到印象中狭窄的中栖路，但它现在改名梧栖路，而将原名让给了新辟的宽广大路。

我寻到外公生前为人看病的拯苍医院的原址与新址，两者分占马路的两侧。原址翻建成四楼透天厝，新址卖给不知何许人氏。

两者都成了我小说中的主要场景，只是被搬到葫芦墩罢了。

而葫芦墩上那广大的，现已改成东方饭店和好几家商号毗连的父系的祖厝，当年据说前院有南蛇之穴的大宅，更早在三十余年前就已易手。

两日之间，被记忆与沧桑争相吞噬，一切如梦，却分明有迹可寻，有根据、有见证，甚至慈济宫里与土地庙中，都刻有当年先祖与先曾祖捐建的名姓。

我站在滚滚车声之中，不知该向谁说：

这是我的故乡——我回来了，不，我——来了，又走了——不知还要不要再来？

在记忆中星闪的人与景

在这漂流的时代，当什么事都不是那么确定时，未来很闪烁，过往已幽阒，在我们记忆中偶然星闪的，往往是当年以为最平常的人和景。

每次有关学校的忆述，跳出来的永远是北一女。想想也很自然，我这辈子唯一念过六年的学校，只有北一女；小学分两段在台中和台北念，当时动荡漂泊，许多事都被选择性遗忘了。倒是北一女的事，埸景分明。

当时虽然天天都有随堂考，但学校从来不兴把学生留下来"自习"。学生想留，全属自动。北一女有个独一无二的风景，保证在任何学校找不到第二个。那就是刚放学天还亮时，操场上密密麻麻都是捧着书读的学生：有人找走廊、树下各种角落用功，大部分人则是绕着操场的跑道边走边读——本校人对这光景习以为常，但我相信外人如果看到为数这么壮观的绿衣人，心无旁骛地绕圈圈时，应该会很震撼才对。这绝对称得上绿园一景。

有一次我和同学坐在光复楼教室外面的边廊上争论什么，江学珠校长刚好走过，看到我们坐在水沟边、水泥地上，马上叫我们站起来，到别处去读，"坐在冰冷的水泥地上对身体不好。"江校长的这句话，四十年后依然让我记忆犹新。终身未婚的江校长，应该相当注意健康，每天黄昏放学后，我们常看到她在宿舍外面空地上打太极拳。那也是一景。

校长妹妹江学华女士是我们的校医，除了稍瘦之外，和校长长得很像。我们总在私下称她为兽医，没什么原因，从训导主任、各教官、各主任到几位特别的师长，每一位都被我们取了绰号，纯属无聊吧。我和江校医"过从甚密"，因为，我每个月都会因大姨妈来报到、痛到打滚而必须去医务室求救。校医除给我止痛药外，还恩准我在医务室睡觉（好几年之后，我才知道自己卵巢有病，所以经痛特剧）。但那种痛有时特别剧烈，常须去医院打止痛针才能止疼。可当时校方有个规定：学生生病要中途离校有一个要件，那就是必须高烧三十八度以上，否则则须家长来接。为了这规定，我常须打电话给父亲，劳烦他特地自工作地点前来接我，所以老实说，当时我对校医的"不知权变"颇有微词。

大学毕业后我一度在一家杂志社当总编辑，那年教师节，退休后宿舍刚巧在我公司旁边的江校长让我去采访。在斜阳下，我和校长闲谈了两个多小时，问起江校医，校长淡淡地说："她到主那里好几年了。"不数年，校长也过世。然后，每几年，总有一些老师过世的消息辗转传来。

北一女年度盛事应数校庆运动会。别以为绿衣女只会读书，那就错了！我记得当时中上运动会北一女常在田径、篮球等比赛中名列前茅。运动会的大队接力和拉拉队竞赛更精彩。而高三爱跑第三棒的飞毛腿；招引了一大堆建中追求者的乐队队长；我们那届以第一名保送台大数学系、后来跳楼身死的小咏……这些星闪在记忆中曾经非常耀眼的北一人影，在三十五年后、在盛夏中夜孤独的电脑荧屏前，让我更明白人生之不可丈量与生命之无从预测……

舞影婆娑

　　我自小"持重"，在需要轻盈灵巧方面，特别有心无力；加上相当程度的"乐盲"，所以游艺会居然被选上台表演跳舞，而且跳的是主角，说来实在荒唐。

　　不过，上述那两大特点，童年时并无自知之明，直到上初中音乐课，考试时必须一边打拍子，一边唱"豆芽谱"，这才暴露对音乐的低能；至于跳舞给我的伤害，莫过于大二那一年体育课选修土风舞，居然必须补考才得以勉强过关这回事。

　　大约也就是这个时候，童年时因为老师的错爱而萌生的不切实际的梦想，终于无情而彻底破灭。

　　小学一、二年级，我就读台中乡下乌日小学，当时物质匮乏，赤脚上学的孩子比比皆是，即使难得有些穿着一双八九块钱的布鞋去上课，亦总是穿到前后张口外加两腹敞开才舍得丢掉。在那种物质条件下，乡下小学有余力或有"见地"让子女去学琴、学舞的，可以说几乎没有。

　　在大家都没有特长的情况下，功课好又乖巧的同学便占了很大便宜，老师不但让他当班长、选模范生，举凡学校各种活动，像游艺会表演歌舞、画图比赛，这个那个的，全都有他的份，真可谓三千宠爱集一身。

我就是因为如此才上台表演跳舞，又因为是第一名，所以顺理成章跳主角，如此罢了。

但当时年纪太小，不知前因后果，以为自己真是得天独厚，具有多方面包括跳舞的才艺。

不久，隔壁班新转过一位同学，某日，我的导师和隔壁班的导师相偕在校园的一角，聚精会神而且无比陶醉地欣赏那位同学为她们表演芭蕾舞。那同学穿着一层一层的蓬松舞裙，同色袜裤和舞鞋，踮着脚尖，曼妙地跳着我无从知道的舞。

那同学的舞姿固然叫我羡慕，而一向非常厚爱我的导师，居然在我走过、停足，并且向她行礼时，完全的视若无睹！那才叫我伤心，而且油然产生自卑。

从此，我总是梦想自己穿着美丽的舞衣，踮着脚尖，在许多激赏者面前，轻盈、优雅而自信地跳着舞。

童年之梦延续甚久，所以我一直爱看舞蹈表演，看的同时，似乎精神上我亦与舞者一起翩翩起舞。

好梦由来终会醒，惊醒吓出一身冷汗，好梦转成噩梦。

大学开始参加舞会，虽然事前和同学一起恶补过，不过一进会场，音乐响起，顿时方寸大乱。当某位男孩子笔直向我走来时，赶紧向左右同学求救：

"几步的？"

同学做苦思倾听状：

"不知道吧，还没听出来。"

鼓声乱撞，心儿乱跳，请舞的人已然来到眼前，只得硬着头皮起身，厚颜地说：

"我不太会跳。"

"没关系，我来带你。"

"带"的结果，除了一直用高跟鞋踩人之外，又老和舞伴左右擦肩跳着"闪"舞。一曲未了，便仓皇逃回座位！在壁角独自咀嚼童年之梦带来的苦果！

打工文武场

　　说到打工，我当学生的时候，虽然机会不像此时这样俯拾即是，什么速食店员、市场调查员、卖考古题、抄写员等等，不过四年大学，我可也不曾闲着，寒暑假不说，即是上课期间，经常也都有这个那个的营生工作在忙碌着。

　　最典型的20世纪60年代大学生打工方式便是当家教。我不记得自己当过几次家教，不过断断续续、零零星星，算起来也有好些个。

　　当时找家教很简单，有许多所谓的家教中心，会在校园布告栏张贴"事求人"的纸招，写明需要的资格（如教初三英、数，限台大理工学院师资）、待遇（一周三次，六百元）、地点（不写详细地址，只写××路，免得学生自己跑去）等等，一次列上十多个工作机会。想应征的人便自行去家教中心，讲明自己要哪一个，然后验看学生证，先交百分之二十五到三十的介绍费（每月薪水），家教中心再将地址给你，然后自行到学生家里"面试"，合则教，不合再回家教中心要钱。

　　我大约都教初一、初二或小学的孩子，比较不用伤脑筋准备功课。家教教过的学生，很少功课不错的，不过家境都过得去。其中有一位学生给我印象较为深刻。他是小学六年级，家住圆环，父母是做生意的，母亲是典型的教育妈妈，父亲则不大赞成把孩子关在家里读书。有两次，是家教时间，我去了，学生却不在家，原来他爸爸带他去钓鱼未归。如此这般，教满一个月之后，我便忍痛牺牲介绍费，放弃这个另寻他处了。

我算是个不大勤快的人，最顶尖的时候，只兼两个家教，把一星期六天，每天晚上七时到九时的时间都奉献出去，已经觉得非常对不起自己了。但我有个同学，却经常身兼四五处家教，连下午的时间也排进去，月入达两三千元（当时台大文学院一学期的注册费只有一千三四百元），比菜鸟上班族的薪水还要高一倍，收入可观，自然"排场"也大不相同。

家教之外，我还"译"过电影字幕。

当时日本电影非常盛行，我父亲养六个小孩，为了维持家计，所以工作之余便接了许多日本片字幕来译。我不谙日文，父亲则中文有欠流利，所以都是他将意思讲给我听，我则将之写成中文口白。那样父女合作，做了好几年，我记得从初中开始便做这工作了。当然，打这种工是属"义工"性质，收入都归妈妈，一文钱也轮不到我。

除电影字幕之外，我和爸爸分工，还译过厚厚的机械专业书籍、印刷专业书籍等等（父亲是机械工程师，本身也从事过印刷工作），我们的注册费很多都是用这些打工外快支付的，印象最深刻的一次，是大二那一年下学期的注册，我和哥哥（当时父亲应聘新加坡）合力翻译了一本书，我们希望抢在注册前几天译妥，不料书太厚，虽工作通宵，全力赶工，还是直到注册当天凌晨才译妥。

　　哥哥随即赶到出版社去，希望一手交稿一手拿钱。谁知老板不在，注册时间只有一天，一直等到下午两点，我已经绝望了，只好向我的好朋友求救，请她先向家里拿一千四百元。就在我同学带了钱要到学校去跟我会合时，哥哥拿了钱赶回来，如此这般总算不曾因为没交"注册费"而休学，但也够惊险辛酸的。

　　除了这些"家庭副业"式的打工之外，我还曾为《王子》杂志和《星与花》月刊撰稿。杂志经营不易，所以撰稿人大多找在学学生文笔优美者，盖"工资低廉"是也。

　　讲到《星与花》，就不能不特别提一下，创办人是我们学校一位学姐和她的未婚夫，那可能是相当早期有数的几本大型女性杂志之一。我的高中同学（当时她就读政大中文系）和发行人是邻居，介绍我去撰稿打工，当时施寄青也同在撰稿打工之列，所以我们等于二十多年前就相识了。那本杂志创刊时，我还介绍我大弟去派书，开发了我家另一个打工机会。

　　可惜它出到第三期便因发行失利而停刊了，我们自然也就失业啦。

　　除了这些"文场"打工之外，我也干过几天"武场"的服务生生涯。

　　暑假是冰淇淋与酸梅汤最旺的季节。当时饮料有限，不像现在这样口味多种。我最要好的同学，家在新公园门口，楼上是旅社，一楼是咖啡馆，夏天专卖冰淇淋与酸梅汤。

　　有一回因某一服务生临时请假，人手不足，所以找我"代工"，工作就是送冰品给顾客，再收杯子回来的跑堂性质，只做了几天，请假的回来我们便"没辙"了。

今天我会走上写作之路，其实冥冥中早就注定，别的不说，除了几天服务生之外，我的每一项在学打工，无一不和文字有因缘。不写作，我又做什么？

母 校

有段时间，母校对我只是一个名词，我们之间一直是"失联"的。

几年前，母校台大终于联络上我，我回去演讲一次，参加座谈一次，评审征文时也回去一次。每次回去，匆匆忙忙地来去，唯一印象是，杜鹃花老了，盛况一年不如一年。记得大学时代时，满园杜鹃，配着烟雨蒙蒙，格外诗情画意。现在可能是学生增加了，校舍一幢幢地加盖，显得壅塞挤迫。这似乎是整个台湾发展的趋向——人越来越多，空间越来越小。

那天是杜鹃花节中文系的座谈活动——"系友回娘家"的第二场座谈：中文系与创作。我们几个主讲者，笑谈当年在母校母系的种种，看到会场上那些纯真温婉的学弟学妹，觉得学中文的人，真的还是比较温和有情的，不像我在目前已经完全泛滥的call-in节目里听到的那些尖酸、刻薄、无聊、褊狭的言语。

座谈中，当年每个星期四下午四到六点上俞大纲老师的"李商隐诗"课时的情景宛如昨日，抱着书的大学娇娇女，匆匆行过满眼烟雨的杜鹃花道，未来是多么多么有着无限可能啊！

一个星期之后，我到另一个母校，也就是我初中、高中共读六年的北一女去。

我的目的是评审那些小学妹的征文。

去年，我才分别在洛杉矶和台北举行的"北一女高中毕业三十年扩大校友会"演讲并参加。而今，抵达当年曾骑着自行车溜课闯关的北一女校门，随着带路的一女中老师进入校园，才恍然惊觉：我竟已有三十一年未回母校了。

敬学堂拆了，游泳池换到室内变温水，有些教学大楼已用电梯——只有光复楼依旧耸立，带路的骆老师告诉我，光复楼现在是三级古迹，有九十五年历史，不能随便乱拆。

我看走廊变窄了，骆老师却说一直如此，那么，就是我"长大"了。

回忆一下子拉回到三十四年前，我上高一，因为是学术股长的关系，负责将大小楷簿和用毛笔写的作文簿，捧到教师研究室给那一年初初来到北一女任教的国文老师董先生。

董先生总是给我的大小楷用大红朱砂笔批一个甲上，事实上我并没有写得那么好。他的作文题也很对我的胃口，极少出"论君子不器"之类的"论"文。然而，毕业好几年之后，突然在报上看到一则小小的社会新闻：北一女董××教师自光复楼跳楼身死。在惊吓中，于电话里与同学奔走相告，想不出董老师为什么要死？

多年以后步入中年，虽知活下去才是勇气，但也了解，死，其实有时也有不得不然的理由。

那天走过光复楼，我为董老师默哀了一分钟。

窗 下

如果我说，我住在台北最热闹的市中心，但是我每天都在叽叽喳喳的鸟叫声中醒来，你相信吗？

不用怀疑，我的确如此。

舍下正处闹市中的闹点，三面临巷道（正、左、背面），其实认真说起来，可以说是四面临巷道，右边只隔着一户人家就是另一条六米巷子，每天，即使是深夜两点，仍然可以听到紧急刹车的刺耳声音，站在卧房的前窗，可以看到三条巷路的红绿灯，每天所见，尽是车水马龙；盈耳皆是车声和人声，哪里来的鸟声呢？

舍下真是得天独厚．尽管处于三面要道，可是后面隔着巷子，却是某前高级将领的官邸，两层楼房的建筑，前后都是林木冲天的庭院，叶深之处，一片深绿，鸟儿在那儿来来去去，天刚破晓，好像约好似的，大伙儿齐声欢唱，叽叽喳喳，声势之大，足以将我这三更半夜才入睡的人吵醒。虽然是被吵醒，但是躺在床上听鸟叫，真的是全世界最美好的享受。

除此之外，还有更教人惊艳的奇遇。邻居庭院的鸟叫，毕竟比不上自家的，我家也有鸟声呢。这鸟声名副其实是真实鸟叫，如假包换。原来它来自我书房的阳台。我的书房紧邻主卧房，两个房间的窗户（卧房的后窗）毗邻，面对下面巷路。几年前，外子体贴地买了数盆盆栽置于书房窗台，又大费周章养了两只牡丹鹦鹉，说是希望我读书写稿，一抬头便是满眼绿意、盈耳鸟声。结果，殷勤浇花、小心喂养，盆栽仍然枯萎，鸟儿也相继死亡。失望之余，本想将空的鸟笼撤去，恢复昔日的一无他物，然而，某日却见两只麻雀钻进鸟笼中吃鸟食，快乐地跳进跳出，叽叽喳喳好不热闹。外子一时有了主意，从此每天在鸟笼里倒满鸟食、大开鸟笼的门，任由鸟儿出出入入。自此以后，鸟儿们呼朋引伴，"好康倒相报"，俨然将我家视为另一个中途站。所以，不管在书房或卧房，鸟声一日中不时可以听到。

　　然而，窗下也不尽然都是这种好山好水好风光的。最常听到的是因交通问题起纷争。有一次听到一男一女在窗下起争执，两人先是对骂，互指对方不是之后，问题没有解决，火气越来越大，只听男人大骂："你倒车事情不就解决了？你到底会不会开车？"男人终于露出轻蔑女人的本色了，女人更是不肯示弱地反击。双方闹得不可开交，突然有第三者说了中肯的仲裁话了："好了、好了，快把车开走吧，塞了大长龙了。"这才解决纷争。

　　有次更是惊心动魄，两部车发生擦撞，其中一位车主居然挑衅："要打架吗？"还好另外一位没有感情用事地回应，否则就有可怕的全武行了。

　　窗下岁月，就在日常的高高低低中似水而去。

悲欢巷路

这条巷路，自复兴南路宽宽的肚腹边上弯了进来，经过大安路，沿瑞安街往北穿过敦化南路，穿过舍下和舍下边墙上另一条横行的小巷道，再通过安和路与通化街，往更北的地方去了。

1987年自英返国就定居于此，整整五年，早已习惯它每天二十四小时只能安静一二个小时的高分贝噪音常态，也对它物换星移、一爿店面做几个月又换新行业、新主人的变化之速有了平常心的看待。

沾了敦化南路的光，此地勉强也称得上高级住宅区；尤其附近几幢超高层楼一盖，增加许多办公区的风情；放眼尽是老字号银行，百公尺内不下十家；股票号子近距离内有两处，每天进场厮杀好几万人，收市时，一拥而出的投资人表情不一，天知道账面上鹿死谁手，又是哪家欢乐哪家愁？

巷口停了数部发财车，清晨卖早点，从豆浆油条到广东粥、虾仔面线、柳丁汁都有；中午换了另一票人，便当、水饺、凉面外加油饭，上班族就是他们的衣食父母；下午时分，卖葱油饼、奶油饼及种种点心的摊子又是新的一拨，中学生、小学生就成了他们的主要客源。所以，自清晨六七点到黄昏六七时，舍下眼前巷路称得上"强强滚"三个字。

晚间也没太能安静下来，除了我们家楼下、对面，一楼的左邻右舍都是餐厅之外，安和路的啤酒屋只合"如火如荼"这四个字。离舍下原来有一百多公尺之远，但近来有逐渐向敦化南路这头蔓延之势，非仅啤酒屋多开几家，连所谓的"钢琴吧"，也有三数爿新门面。入夜到深更，保证醉汉络绎于途，喧嚣更胜白昼。

好不容易过了凌晨三点，稍稍安静了些。但不出一个多小时，斜对角那家豆浆店早早又起来干活，所有动作和人语，全都是大幅度与高音贝，对失眠者而言绝对是个威胁。

这是舍下所处的一小路段的状况，更往东北方去，即为通化街、临江街夜市，闹热自不待言，只怕人要通过都得费番力气——太挤了，人！

住的时日一久，除了喧闹、拥挤和繁荣之外，慢慢也有表象以下的人情物事依例推演。

这几年，经济十分低迷，房价偏又居高不下。店面生意，只要是租的房子，无一不是咬紧牙关艰苦经营。巷子里的美容院、小餐馆、茶庄、录影带出租店、青年商店，相继在租约一到时纷纷歇业，原因是物主要涨房租，再无利润可言。结果在高房租的条件下，租得起的只有电动玩具店，尤其是有大型Bingo Circus（宾果马戏团）的店才能稳居不撤。宾果球的台子虽贵，但收入更加可观，过去许多生活什物店店家纷纷转行，有时路上相遇聊个三五分钟，发现那种店常客不但多，而且沉迷其中，三餐一应在"店"里用，还有连赌五十余个小时不睡不休息的，金钱事是大，只怕家庭风暴亦在一圈一圈地演练着，不知有多少悲剧正在成形之中？

舍下对角豆浆店门口正位在十字路口上的三角窗，安有公共电话一部。某次我正在阳台上晾衣服，但见一年约三十岁的妇人在那打电话，声泪俱下，一点儿也不在乎路人的侧目。我晾好衣服，她还在那里，足足讲了半个多小时。

过后我出门去邮局，行经那公共电话处，方才那位妇人依然站在该地继续讲电话。行过无心，只听到她凄怆悲愤地问了一句：

"难道我这十二年的付出牺牲都是白白浪费的？我不甘心……"

那样一个大白昼里，阳光耀眼明亮，世界看来虽繁忙但尚称祥和。而，有一个不知名的妇人，面临到她生命中某种失去——或许应该说是她生命中某种极端重要的事物即将失去。而我猜那是她的婚姻。

虽说离婚并非世界末日，但对于一个长年只做居家主妇、又来到青春尾巴上的女人，离婚可能是天崩地裂的大灭绝。

在这个时候，一个女人的血、泪、汗水突然令人害怕。我宁愿读那些统计数字：台湾省每年离婚率是百分之十七点六五……因为数字没有临场感，数字遥远，数字让人可以有如鸵鸟的心态……

这是悲欢离合。

另两则"活生生"的例子，却也是用死亡来诠释人世的悲离。

原来我家楼下和对面都是夫妻档开的餐馆，原来也都生意兴隆。

楼下的那家，太太是大厨，先生、女儿是跑堂，只付房租，开店有赚，做得有声有色。后来太太罹患乳癌做了切除手术，右手便无法灵活运用，当然更不能煮洗炒切了。店里因之请了大厨，收入扣掉厨师的薪水，赚钱自然不多。如此又支持了一年。

有天店突然关门未营业，门口贴着张纸条说："本日为怀恩日，暂停营业。"我们到对面那家餐厅吃饭，老板娘才告诉我们，原来楼下那家老板娘乳癌病逝，店准备顶让给别人。

没多久，老店关门，另一家新餐馆敲敲打打又准备开张了。

对门那家餐厅门面较大，老板娘黑黑俏俏的，还有几分风韵。掌柜的是个白胖高大的男子，我一直以为他们两人是夫妻，因为常去吃饭，看他们有时闹别扭，互相大小声，有时又打情骂俏，不是夫妻是什么？

店里另有位五十开外病恹恹的男人，皮肤终年未见阳光，一副死白。他经常缩在一隅，不发一语。我一直没弄清他的身份，也不晓得餐厅用了这么个人做什么用。

直到有天餐厅办丧事，丧事过去听说土地卖给建设公司准备盖大楼，餐厅不开了。

有天遇见老板娘，和她寒暄，才知道那片店的土地卖了两千多万，餐厅生意不好索性收了，她准备享几年福，因为：

"十六岁嫁给我先生，他做西装，我缝扣子，生了四个小孩，没一天过过好日子。"

我糊里糊涂就说：

"原来老板以前做西服，一点儿也看不出来。"

她顿了一下，才说：

"现在和我在一起的不是我先生，我先生是皮肤很白，经常坐在店里不说话的那个。前些时候死了，肝病，害了很久。"

我听了目瞪口呆！一个丈夫，沉疴在身，眼睁睁看着妻子和她的情夫在自己跟前双双对对，出出进进的，那口气可怎么咽得下？而且一忍就是一二十年？

"我那四个孩子不是同父生的，我先生遗言就是交代我，财产要分得公平，绝对不能偏心。"

我不晓得她那天怎会一股脑儿对我说了这许多？这可是十足的"家丑"呀。

"我们现在在天母买了一户房子，就快搬去了。"

原来如此！或许她认为这一辈子再也不会看到我，所以对我说出那些秘辛无所谓吧？

我因为分担了她的秘密而心里沉重起来，不知怎的，我忽然溜了嘴问出一句话：

"那你要和'老板'结婚？"

她看了我一眼，有点儿幽怨地说：

"他啊，另外有家的。"

我一下子不知该说什么才好，只能对她说再见，看着她拐入仁爱路的巷子，说是回月租四万元的暂时住处去。

两千多万是个大数目，难得她丈夫有那度量留给她，还有那度量容忍她和她的情夫；也许，是莫可奈何吧，带病而孱弱的身体，自然缺乏约束力。

我设想了很多情节，然后为自己的多事哑然失笑。一爿小小的店，店门后竟然有那许多曲折离奇。我常说，真实的人生比小说还要曲折，一点儿也没有错。

　　或许，驮负一己的悲欢离合已够沉重，我们不该再去知道他人的那一份。或许，人与人之间，浅交即可，一深谈，不免替对方的遭遇唏嘘。

　　这条巷路，不时有店家做做又收束的。在关门顶让的那段时间，看着紧闭的铁卷门和顶让的纸条，我不免要猜测：门背后是否有什么故事？又有多少悲欢离合？

辑二 自强与自爱

每个人都有自己的生活轨道，也有自己的成就失败和欢欣忧惧，"成年"的意义，就是对自己的行为负责，没有谁有特权侵害他人的私有天地。我珍惜他人的掌声，但我却不能原谅懦弱而不敢面对自己缺失，去又以攻击他人来自慰的人。

千古艰难唯一考

  在台湾接受全程完整教育的人，几乎都是"考"大的。热门幼稚园入学要考、中小学大小段考；高中、五专、高职、大学、二专、研究所，无一不考，所以台湾长大的人，可以说是身经百考，大家经验都是一把，提起来各有辛酸，也各有领会。

  我这个年龄的人，上初中有联考，当时还是个大事。考初中、高中、大专乃至考台大二年级插班，除了大专联考那一役，因为恃才傲物、太有信心，而致马失前蹄考坏之外，我的一般考试状况大体而言都能符合己意，所以家兄常常嘲讽我是个"最会考试的人"，只要是必须经过考试才能入门、录取或任用的，他都鼓励我参加，因为他认为我考运很好。

  提到考运，很多人颇信这一套。譬如考试当天，考生刚好生病，影响应考水准；某一题本来不会，考前十分钟刚好翻到；不倒扣的题目，正巧全猜对答案；命题方向，不符考生读书的区位；等等，几乎无一能不扯上考运的。甚至看错题目、答案次序写错，也能列入考运范围之内。

  其实，这未免太抬举"考运"的影响范围了。

  以我这身经百战，三十四岁及三十五岁尚且以老骥姿态去应征报社文学奖甄选的中年人来回顾检讨，考运这档子事是有的，不过影响所及大约占考试成绩的百分之十到百分之二十程度而已，不可能有再高的影响力了。最明显的可能是作文评分高低档的标准不一，有些阅卷者评分标准高，有些反之，考生便会有几分乃至十几分的落差。这种不公平，可以算是考运的一例。其余的，只怕都与考生本身水准有关，即使看错题，也表示考生在"慎思明辨"这一项的成绩太差之故。

今天，用我个人前半生的几次关键性大考来看，更加确定这一论点的可信。

我小学读的是永乐，三年级才由乌日乡下转学至此。永乐小学当年的升学率只算普通，比不上西门、老松、实小那几个学校。我当时因家住萤桥（即现今中正桥厦门街），太远，而且家境及本身排斥额外补习的缘故，我并没有参加夜间级任老师主持的晚补习。初中联考考三科，总分三百；第一志愿北一女的录取分数是两百八十一分，但同分落榜掉到北二女的也很多，主要是名额有限，先从国语分数高的优先录取（当时同分的考生非常多）。北一女录取初一新生共五百名，我们学校考上十八名，我们班则占了五名，我是其中之一，数学与常识都一百分，国语因有作文，只考了九十三分。我认为能考这种好成绩，全赖平时老师猛考、猛补、猛打的缘故，换句话说，全拜师生努力之赐。

北一女初中三年，校风的缘故，同学都十分自动自发。我自认努力六七分，但也不务正业有名。初二开始迷上电影，亚兰·德伦和罗美·雪妮黛合演的《花月断肠时》《真假公主》《罗马之恋》、珍·西蒙丝的《深宫怨》等等，无一漏掉。

那几年又热衷看闲书，大部头的中外名著全看，《红楼梦》《镜花缘》《水浒传》《三国演义》《约翰·克利斯朵夫》《简·爱》《咆哮山庄》[①]《傲慢与偏见》等，甚至和家兄争看武侠小说、尝试写武侠小说。结果，初中三年，我虽都膺选为班上有数的英语小老师，但毕业考时，理化考得很惨，断送了直升本校高中的希望，又去参加高中联考。

记得联考前一周，我还去赶电影。放榜以后，仍然考上母校，而且分数比本校录取分数高出六十多分。

或许就是因为两次联考都很容易过关的关系，轮到大专联考时，我益发地随心所欲不经心，喜欢做的事照做，虽都不是坏事（看电影、读闲书、寒暑假写稿），不过毕竟与联考无涉，对考试无补。

大专联考考期到时，我的史地连一次也不曾温习完。结果成绩揭晓，国文、英文都高，英文甚至考到七十多分；但当时乙组考生借以得分的历史、地理（北一女同学这两科各拿百分的不胜枚举，因为是背诵的功夫，肯背就有高分），我却各拿了六十多分；三民主义也不曾背熟，考得同样烂。结果放榜时分发到中兴大学。

联考遭到滑铁卢，表面上我虽不服输，但内心却深觉考试还是很公平的，种瓜得瓜、种豆得豆，未曾下得春时种，就想期望秋来有所收成，未免天真得可笑。别人悬梁刺股，苦读教科书，考得好是天从人愿。我凿壁借光，看的却是小说等闲书，应考失败，怨不了别人。

我在台中读了大一，暑假时，家兄积极鼓励我参加台大中

---

① 大陆译为《呼啸山庄》。

文系招收大二转学生的考试。我抱着可有可无的心情，也不曾准备（事实是不知要如何准备），参加插班考试。

应考九十七人，录取五名，我正巧是五人之一。我想能够考上的原因，全拜两篇作文之赐，共占两百分；否则，中国通史那一试，我连土木之变都不曾答对，哪里能和别的有备去考的人争高下？

绕了一圈，我终于回到当初大专联考的第一志愿台大中文系就读，既不曾重考，就不必再慢一年。

这多绕一圈的经验，去除了我的骄气和侥幸心理，让我明白，也令我深信：一分耕耘一分收获，半点儿也无法幸致。我曾在那么多年的岁月里，轻忽史地，钟情文学；考试的结果，居然报应不爽。

也是这多绕一圈的因缘，种下了日后我"千里之行，始于足下"，以及"成功的人，都是努力的"人生观。我相信人生正如土地，你给它什么，它就会回报你什么，很少会有侥幸或意外。

走过寒冬

照例一个下雨的午后，车子开过灰蒙蒙的街道，红绿灯在模糊的车窗外追逐，人像栖止的蜗牛，静静歪在角落上，如缩在巨大易碎的壳中，而心底竞逐翻转的，却是千万桩纷纷冗冗的事件，共弹着一种情绪的低调。

整个冬天，好像就一直在霪湿中浸泡，唯一做的事，是由一个地方转到另一个地方，匆遽而仓皇地走过寒冬的每个角落。

"台北快要看不到太阳了。"

中年司机如预言式的宣告，大声划破沉郁，吓了我一跳：

"什么？"

"哪有一天到晚下雨的？天颜再不开，人都要愁死了。人家中南部都穿短袖啦。"

我从后视镜中看到他半张悻悻的脸。不错，有这把年纪，还能对天气生气，在意老天的情绪，真是难得。我却只能咿咿唔唔，终究无言地忍受突发的呕吐，几乎是二十四小时连睡觉也不能幸免的胃痛，以及心底那难言而无所不在的疑惧。

然后，我在中山北路、罗斯福路、和平东路、新庄以及许许多多地方上下车，笑脸盈盈、精神奕奕地面对不同的听众，传达给他们我对生活的态度、对生命的意念、对爱情的诠释。正像我一向服膺的信条，每一个场合，我都尽其在我的善尽当时角色的职责：认真准备讲稿、谈笑风生而意蕴严肃、心存戒惧诚恳答问。因此，他们看到的，是一个看似生活满足、体形富态、充满信心而一切手到擒来的女强人。

到了二月，壮腹慢慢突出、体重继续上升，更有甚者，脸上竟莫名其妙地红肿起来，而且，一站两个小时，精神处在轻度紧张状态中，也不再是我能从容应付的事，因此，我不得不忍心婉拒更多年轻朋友的邀约，开始蛰居。我无法很流利地告诉他们我拒绝的理由，因为怀孕是这样天经地义的事，没有人将它视为须要中止一切活动的疾病。

事实上，我相信要具体明确地说清楚一切也是相当困难的事。然而，对一个高龄忙碌、又有多次流产经历的妇人而言，整个怀孕过程都是漫长而可怕的噩梦。我的头胎儿子还不满一岁半，在腹中孕育并保有他，所付出的代价尚历历在目，包括辞去高薪高职的工作、彻底在家静养；前后住院一个多礼拜安胎，不敢过度走动而任体重直线上升；使用氧气罩等度过高度危险的产程……而怀孕时所承受的各种包括抽筋、恶心、胃痛等苦痛，与前述那些相比较，就显得微不足道了。

有人不能了解，既然工作那么忙碌，身体与年龄似乎也有点儿负荷不了，为什么还要再加一个孩子？我的回答是完全纯母性的，而且绝对无理性的。因为每回带儿子去公园散步或到儿童乐园游玩，他一看到同样大小的孩子，便毫不考虑地跑去亲人家示好，而许多被亲的孩子，回报他的往往是推、叫或抓。他还太小，无法明白自己的善意为什么遭到这样不友善的反应，可是他锲而不舍，仍一再这样招徕朋友；我们带他去动物园，他的眼光很少看那些千奇百怪的动物，却老是盯着或大或小的孩子；保姆告诉我，这孩子讨人喜欢，见到谁都笑眯眯的，甚至还会站在大门口，向阳台上的对邻以微笑招呼，直到对方看到他那一点点大的小身影；还有多次，我看到他和香阿姨帮他买的"大阿呆"玩偶玩，拿他的牛奶给阿呆吃，并且絮絮叨叨，很起劲地用他自己的语言和阿呆说话；很多个晚上，临睡前，他一定先将阿呆按倒在他的被褥旁，然后自己才心甘情愿地和阿呆齐头俯卧。

我怎能如此残酷地让那小人儿这般寂寞？

而生活的步骤依旧紧凑，更因自诩是"现代的传统妇女"，日子就在三代亲朋间和理应襄助的酬酢中周旋，慢慢就觉得吃力起来。整个人起伏于睁眼辛苦、合眼疲惫的重复中，逐渐被折腾得支离破碎。

然后，一种莫名而错综的、属于孕妇的挫折感，逐渐从淡忘的角隅中爬升。一切闻触到的空气令你几欲窒息，一切计划全盘瓦解，一切日常工作势必停摆，想想看，一个人，连自己的身体和生活都无法控制，那是何等无能而无助的境况？我一向是个贪心的女人，我苛求自己在许多场合都要是合格的角色，但是，"我自己"在扯我的后腿，让我溺在沮丧的渊薮，成为我最惧怕的"无能"的人。

当身体最无法掌握的时候，我曾私下和自己讨价还价：要生吗？真的要吗？不要不也很好？为什么一定要呢？为了生"他"，我还要"牺牲"多少？两个"我"日夜在角力，想象和实际的困境交叠出现，我常常站在窗前，清晰地点数自己的难处。尽管如此，因为一向是独立行事的女人，就更不屑在低潮时向人求援。每天，看着丈夫忙进忙出，突然觉得语言也有极限；这样亲近的人，却不知道用什么样的字汇和言辞，才能表达这茎脉纠缠的情结。

很巧的，自然的严冬和我生命中的酷寒，首次相偕并至。从十二月杪开始，一个陌生男人，几乎每日来电，用各式各样的方法骚扰我的宁静，他几乎熟读我的小说、清楚我的背景、知悉我的工作，像个在暗处窥伺的蛇，一而再再而三地打带毒电话进来：忽早忽晚，有时说话，有时故意沉默，令人在疑惧不快中咬牙切齿起来。我说的话、我写的字，甚至小说中的对白，都经他赋予他自定的意义。起先，我尚能心平气和地和他对话，慢慢，我从他谈话中，听出他生活的挫折和心底的惶恐，他有太多自己无法掌握的事情，许多期望一个个瓦解，他束手无策又不能反躬追究，只得找出替罪羔羊，来纾解他的积郁和恐惧，不幸，他从事的电视工作，正是我和丈夫的职业必须涉及的那行，而他从报纸杂志上"认识"了我，并辗转取得我电话，而开始这种对他是"移情"的勾当。

每个人都有自己的生活轨道，也有自己的成就失败和欢欣忧惧，"成年"的意义，就是对自己的行为负责，没有谁有特权侵害他人的私有天地。我珍惜他人的掌声，但我却不能原谅懦弱而不敢面对自己缺失，却又以攻击他人来自慰的人。因此，我在受了三个月骚扰后，突然一反妇人之仁的心肠，决心以"人"的立场和自卫的态度来护翼自己和家庭的安宁。当然，这种透悟，是迟至冬季将要结束前才豁然开朗的。

在怪电话肆虐的三个月之间，我重感冒、发烧，一天吐上数次，病上加病两个多星期；而不知纯系天候，还是被我传染，儿子支气管炎也拖上一阵，几次半夜发高烧，我只能终夜不眠、泪眼婆娑地心疼加惊惧地守候着，深深感到作为一个母亲，自己是何等无能！

整个冬季，无能和无助的感觉充塞在全部的生活空间。活了半辈子，这种束手无策的绝望，第一次这样彻底将我击倒，我几乎自暴自弃地枯候着，期待生下孩子，困扰和委顿会自然消失。

可是，许多事，真由得你一厢情愿地盘算？

生命里的冬天，可会自己悄悄走过，一点儿也不要我们费心、对它迎头痛击？

当我躺在看诊床上，医生皱眉听不到胎心音时，直觉地，我的心往下沉，我不肯起来，我要求医生再听一次！"他"一定在的，我常常跟"他"说话，虽然我难免抱怨"他"带给我的种种磨难，但我仍衷心欢迎"他"的来临。"他"怎能如此不经商量地我行我素？

"去照个超音波看看。"

"为什么呢？"我质问那看起来表情轻松的医生。

"照一照比较清楚。"

我仍不肯去：

"到底怎样——坏了吗？"

"可能是。照了超音波就能确定。"

我一口气喝下十杯水，胃部激烈绞痛，冷汗和热泪交迸，咬着牙进超音波室，一刻也不想等待。

超音波报告刚到医生手上，他将另一张"健康"的片子并列在我眼前，我看到别人的胎盘内那已成形的胎儿，又转眼看到自己那黑糊一团的受精卵，怀孕时即日夜忧惧的事情成真，我根本连镇定体面的本事也没有，眼泪流出，却仍要失声问医生：

"坏了吗？真的吗？"

我在大雨中被丈夫塞进车里。脑里浮起的是不久前看到的一则医学报道，据说如果母亲不愿生下那个孩子，胎儿会拒绝成长而流产。这种阴影一直挥之不去；我居然曾因肉身上的苦痛而有过要不要"他"的疑虑，甚至因怀"他"而想到自己的"牺牲"；而我也不是出于纯粹要他而怀他，我只是基于主观认定的需要而怀"他"，"他"不愿意来，难道不是应该的？

日子沉到谷底。

几天以后，我怀着就刑的心情守候在手术室外。护士念到我的名字，另一位护士跟着念了一次，然后大声问：

"那不是一个作家的名字？"

我低下头，生怕人家来问我。那一刻，我只是一个失败的母亲、一个受挫的女人，我要怀着这种单纯的心情和身份，和"他"告别。

手术台边，围满绿衣白口罩的实习医生和护士。年轻的医生审视着仰躺着的我的脸：

"你是做什么工作的？"

我迟疑着，期期艾艾地回答：

"在一家贸易公司上班……"

站一旁的护士小姐接口问：

"《油麻菜籽》和《不归路》是你写的吧？"

我没有否认，一霎时觉得自己的挫败被人尽见，竟是以这样无助的姿态，瘫在这些年轻孩子的眼前。

"噢，你是名作家呢。"

不，我只是一个母亲。

点滴打入左手背，另外三支小针陆续注入，下手臂开始酸痛，年轻医生问我：

"你平常怎么避孕？"

我专注地看着他，尽管已经头晕：

"没有避孕，这个孩子是计划中的。"

他恍然大悟，重新去看病历表。他是这样年轻，职业和所学使他比一般人看过更多的生与死、老与病、缺陷和残酷。但，他是如此年轻，以致苦痛自他眼底流过，却未必在他心上辗过。而生命中所有的苦寒惨痛，非狠狠压过心灵，是无法尖锐刻骨伤害他的肉身的。我多么羡慕他那风雨不入的年轻啊。

我张着微润的双眼，开始用力吸搁在我口鼻上的"会让你睡过去的药"……

随后几天静养，因为事情已坏到无可挽回，反倒迫使我往深处探看。带咸味的眼泪洗过创口，格外刻骨地痛彻心肺。一遍一遍的，到后来，眼中看到的，不尽是满目疮痍，往日母亲常提而我经耳即忘的"业障""因缘"，第一次发挥了安抚人的作用。谁的一生，不是千疮百孔？有生命，即注定要有悲欢离合，"但愿人长久"，只是诗人一厢情愿的痴情罢了。但是，生命不也有它的温柔之处，在伤害之余，往往也留了余地，让人从别处蹊径，绕往另一番天地？

于是，我始能心境澄明地想起某次演讲时，一位大孩子问我的话：

"你真以为人生都能全如所愿？"

当时，我几乎要冲口回答他："绝不！"可是，他还那么年轻，未来一大串日子要走，我怎能吓了他，打击到他的士气？我一时又想善意欺骗他，回答"是的"，可是，人生路远，我又哪能不提醒他，一味粉饰升平？

每当这个时候，我特别因为责任重大而感到惶恐。许多年轻朋友，常因我小说予人的印象，而致对我有过高的评价，他们认为"写情高手"无疑是"谈情圣手"，理路清晰无疑又可为人生导师，殊不知我在现实生活中，亦是历经熬煎，屡仆屡起，自挫败中汲取勇气和力量，慢慢走向自己的方向。充其量，我只是个经验丰富的生活者罢了，虽然小说的风格往往是作者人格的表现，但作品和作者之间，事实上仍存在着极大的距离；读者的过度介入，往往会带给作者压力，尤其是写实的作品。

其实，生活对我，未必就曾厚待。一向，我只是用比较乐观的心情去面对那些"在计划之外的许多意外"的人生罢了。我有一套自以为管用的哲学，以股份百分比来譬喻人生，其中的百分之六十是我掌握的股份，也是我最少必须完全控制的部分；另外的百分之四十，则可划归运气、他人协助等天命部分，也就是较难掌握的因素。那么多年，所以能比较心平气和地面对所有磨难，无疑是这和"尽在其我"后"还归天命"的豁达在支持着我。

卧床的那几天，我重新反刍自己过去的信念，捡拾一度失踪的信心。人生有它固定的面貌，剥落人、伤残人，却也成全人、造就人。正像天候四季一样，递嬗之间，自有定律，只是，生命中的冬天，往往要自己奋力搏斗，才能快快行过。

无论如何，我走过一个冬天；一路行来，依然能轻拂身上风雪，在微湿中看向春天。

明天将是另一个日子

　　暮春时节，中正文化中心一片花团锦簇，南国的艳丽景象，加上假日特别的兴奋色彩，使我在探病的路上，深信能带给生病的朋友希望和欢笑。

　　年轻人久病，最受折磨。不是肉体的辛苦，而是心理的焦急和斗志的磨损。尤其是那些不是开刀和医药能够解决，而必须以复健、偏方、意志及其他方式长期治疗的病，最最磨人。我自己曾住院两次，经历过刻骨铭心的突变，很能体会那种类似在凄风苦雨中被吹打而仍要倔强地怒放的满园杜鹃，凄艳而冥顽、悲苦而繁丽。

　　朋友卧病已数月，她是一个年轻的主妇，与先生恩爱逾恒。久病折磨身心，自不在话下；令她丈夫分外劳苦也是必然的现象；不过，这些都是其次，据她先生表示，最严重的是她因卧床太久而丧失的信心和斗志，那才是最伤损人的。

　　但是，当我看到她憔悴而依然美丽的容颜、哀愁但充满智慧的眼神；又看到她满屋子的书，了解到她对儿童教育心理有研究并有志于斯；同时感受到他们和睦亲爱的家庭气氛，我深信她会很快康复，并能经由这次病，得到更丰硕的人生经验。

因为，爱就是生命，生命即是爱，一个人对生命充满热爱、不断学习、充分关心，而又有爱她的人支持，沮丧的难关将会很快被克服，生命力经由意志的贯彻，将可发挥不可思议的力量。

不错，生病扰乱了我们的生活秩序，破坏了我们预定的计划，剥夺了一些原属于我们的事物或欢笑，使我们失去心爱的人，但是，如果我们能够接受事实，用另一种豁达而积极的眼光来看病痛或劫难，也许能得到意想不到的收益。

八年前，我以二十五岁的年纪，身膺一家发行近十万份杂志的总编辑之职，又负责所有关系企业的全盘宣传工作，高薪重任，宾主相得；南北指挥，意气风发。又兼情场得意，诸事顺遂，天下几无一事逆心。

就在那时候，我因一疑似恶性肿瘤而住院开刀。开刀前无法切片化验，所以不能确定是恶性还是良性，换句话说，我的命运必须在昏迷状态下，躺在手术台上等待切片后结果被宣判。那是何等残酷、何等不能被接受的酷刑！

当时父亲身在国外，母亲伤心欲绝又怕我痛苦而故作坚强。我自己则一遍遍自问：这是真的吗？为什么是我？为什么是现在？我还这样年轻，生命如此风光美丽，我还有那么多事没做，那么多经历未过，那么多人喜欢，怎会是我？！怎能是我？！

两天后，我从混乱中挣扎出头绪，用对生命做最后审视的心情，偷偷写好遗书。我不断地亲吻我那最挚爱的小妹，挂了国际长途电话给最疼我的父亲，在心里对那好像将有结果和当时认为势必结束的爱情诀别，把一切预留给母亲……然后毅然入院。

躺在手术台上，手术房隔绝了一切难以割舍的人和事。麻醉针插进血管的那一刻，鲜红的血涌进透明的导管，那样触目惊心！我遵照麻醉师指示，默数着一、二、三、四，逐渐地意识模糊，那情景仿佛是眼睁睁地在看着世界从我眼中逸去！拥有的一切，自手中失去！

　　八个小时后，从麻醉药中苏醒过来，脑中一片昏沉，望着坐在病房中探视的友人，仿佛刚从另一个世界回来。一整天，我无法言语。傍晚开刀医师进来，轻描淡写地说："切片结果是良性，可以放心。但是，瘤太大了，我们只好把被包起来的器官也割掉。"

　　我无声地哭了起来。在那样凄冷的北国冬夜黄昏，在那样阒无一人的孤独病房里，在二十五岁的花样年华……

　　第二天，我因极度的耗弱和沮丧而休克，内外科会诊急救，才使病情稳定下来。

　　开刀后的三四天，身经巨变，脾气恶劣，加上开刀口痛，一天两次痛死人的消炎针，两筒令人动弹不得的点滴，才刚合眼又来打针、吃药、量体温的种种纷扰，身体伤损、精神委顿，躺在床上，不知如何自处。

　　下午和晚上，一拨拨的探病人潮来来去去。在人潮来去的空当间，慢慢地我开始能够静下心来想一想。我思索着目前的种种：事业、家人、身体、感情、朋友以及今后要走的路；我思量着那些我喜欢或欢喜我的人，计算着手上的几个工作，开刀前的生活方式，要做未做或已做未完的事，逐渐理出些头绪。前些时一直困扰着我的一些须要抉择的事，似乎已不那么令人烦心了。

每天，从病房窗口朝外望，当时忠孝东路上高楼仍少，我可以看到仁爱路上远远近近的房子，当天色渐暗，一盏盏温暖的灯光亮起，好像在召唤着奔波一天的流浪的脚……那是家吗？在这样冷冷阴湿的北国冬天，一桌热腾腾的饭菜，一团欢迎的笑脸，多么足够抚慰在外奋斗的人！而我，孤独地吃着病房中的伙食，格外地感觉脆弱起来……那是爱吗？那是使女人愿意奉献、男人愿意尽心的力量吗？那一片祥和繁华，又隐藏了多少人的抉择、多少人的得意和失意？人生不可尽得，可是又该挑选什么呢？

　　四十天后，我才又能开始上班，重新接触以前的人和事。病中的自省和思考，改变了我的一生，我放弃了某些人和事，修正了一点方针。在八九年后的今天看来，那些放弃和抉择是否使我更幸福，连自己都很难评断。只是，所谓幸福或不，定义又在哪里？只能说，病后的抉择，是屈从了自己的意愿，走起来较心甘情愿，也较少遗憾而已。而人生，所求不也只是这些吗？哪件事是绝对的好？哪件又是全然的坏？也不过是在层次上的差异而已！

　　那年以后，在生命和心情都呈现低潮的时候，我试着去接受那不可改变的事实，并利用这种沉寂的空当，重新审视自己的生活方式、夫妻和人际关系、爱及友谊、事业、奋斗方向及一切爱欲憎厌。有些须要调整，有的必须割舍，另一些则须格外珍惜，把所有事事物物重新整理过后再重新开始，使自己走得更正确些。如此，低潮所带来的损失，多少让人容易接受一些。

　　而且，生病也使我们知道，有些东西会失去，不能长久留在我们手中；有些人，会在不确知的时刻离去，而无法长相左右，那是生离死别，那是人生，那更是无可奈何的事。病，使我们一向努力的进度受阻，使一切的生活秩序大乱，使人失去某个器官，失去对自己的信心，甚至在命运之前，失去了身为一个"人"的尊严。

　　然而，生命又岂是这样轻易就能止息？就能屈服？历经大劫难的人，会懂得珍惜活着的每一天和现有的一切，当他再度面临生命的磨难时，他会知道：明天，将是另一个日子，另一个不见得要事事去苦撑、去挨受的日子。

寻找第一份工作

正当大批毕业生倾巢而出，茫茫然在社会寻找一枝栖时，失业率却无巧不巧在此时喊出了创新高的警报。对社会新鲜人而言，真不是个好消息。

不过，很多企业界的朋友却又烦恼"找不到合用的人"。足见职位和人之间正在捉迷藏，彼此找不到。所以所谓的"失业"，可能包括这种"假性"的、搭不上线的情况。换一个方向讲，努力去找出自己和"那个职位"之间相通的路线，也许就是正在找工作的人的当务之急。

许多年前，当我也是一个社会新鲜人时，我亦曾尝到"找不到工作"的苦况。当时的景况和后来终于找到合适工作的许多心得，虽然经过这么多年，社会起了很大的变革，但它对茫然无所适从的社会新鲜人而言，依然具有参考的价值。

我在毕业典礼次日，就到一家银行当临时雇员，月领薪资只有当时大学毕业生的五分之三。我的"远景"是参加社内升等考试，变成正式职员，一辈子捧这个"金饭碗"。

但是工作半年后，非仅深感志趣不合，而且升等考试迟迟没有举行的迹象。

我性格中素有不喜一成不变生活的特质，一想到往后三四十年就要终老在这种工作的时候，真是可怕！

于是不顾父母的反对，也不曾先骑着驴找马，冒冒失失就在春节前不久辞职了。

春节前找工作机会自然较少（许多人都是等拿到年终奖金才辞职的），这是年轻冒失的我不曾考虑到的。

我每天翻报纸找工作，人事栏里充斥着要品管、机械等各类工程师、成本会计、业务经理等人才的广告，谁说没有工作机会？问题只是适合你的一时还真难找。

人事栏里更有许多语焉不详的寻才广告，如"征办事员，高薪""诚征经、副理，月入十万、年薪百万"等等，既未写明工作性质，又未开列征才条件，我起先不知，觉得这类工作勉强还有些适合我，所以殷勤地前往应征。后来才知，那些工作不是要招揽保险，便是得推销产品，这两项都不是我能胜任的，自然只有断然放弃。但浪费了不少精力和时间，也因之希望落空好几次。

累积了这许多经验，我后来才明白，人事广告中若无法很精确地写出对所需人才具备条件与资格的要求，则大多属于保险、推销、传销等行业，若自忖个性不适合，于求职之初即可过滤掉，省得浪费自己的精力。

亦有不少小公司或成员仅有一二人的组合，其征才广告亦语焉不详，想系"以貌取人"或主考人另有想法，这种公司其实亦可省略不去。

我记得当年求职时，曾看到一则"征秘书，大专毕，文笔流利，面洽"的广告，我携带几年来利用寒暑假撰写后在报上发表的作品剪报前去应征，满怀自信，认为"大专毕，文笔流利"的资格，自己完全吻合。

谁知一去那里，主试者（一位中年男子）对于我的作品看也不看，反而撇撇嘴，很不以为然地说道："刚刚名作家××也来应征。"言下之意表示，连名作家××都来应征了，你这小case算什么呢？

当然，后来我和那文坛前辈都没有被录取。我猜想那组人（根本没有公司）要的人，根本毋须"大专毕，文笔流利"，他们真正想要的条件是存在他们脑海里而不曾说出来的。结果只在我的求职经中，平添了另一次不愉快的事件。还好不曾有上当情事。

三月中，我在报上看到一家大型广告公司招考新职员的启事，其中一项是撰文人员。

由于家兄曾在广告业任职，因此我看到那则人事广告之后，即请教他有关撰文人员到底在做什么事这类问题，心中有了一个不十分真切的概念，根据这个概念撰写自传等应征信函。

后来得到考试机会，笔试是撰写一则报纸稿，呼吁大家注意交通安全。

通过后，又赴第二关考试。主试人员随意自广告专业杂志中抽出一页英文稿，要我即刻当场读一遍该篇英文稿（不准先看一遍再读）。幸好也获通过了，只有一个单字重音读错。

最后一关为公司负责人亲自考试，我进了办公室，茫茫然的，乖乖听他随口讲了一大堆话，几十分钟过后，他突然住口，要我将他方才所说的话用两百字写出重点来。

当然，这一关我也通过了。终于得到这份工作，而且在那一行中干了十三年，转业写作之后才离开那个行业。

我要说的是，新鲜人找工作，最好知道自己的特长在哪里，努力向那些层面寻找，不要浪费时间在不适合的行业上。有些行业看似没有门槛，毋需条件，其实易入难做，不是那些没有任何社会资源的新鲜人可以胜任，因此不要以为"容易"的就去应征，许多色情行业正是如此布下陷阱。

其次，自传等应征函件须下功夫，针对应征行业的特性撰写自己的应征函。函件须力求工整慎重，当作一回事去做。应征函精彩的人，通常都可获面试或笔试机会。这是我当多年主管的用人心得。

知道自己所长，而且真正有一技之长的人，谋事必然比较顺利，这有一定的道理。因此，尚未步出校门的人可以立为殷鉴，努力在毕业前充实自己，为步出校门后谋事做准备。

万一是已经毕业的新鲜人，我奉劝他们一定不要太早失望。适合的工作，有些必须经过一段时日才可能出现，因之，保持信心和耐心，不断地寻找合适的工作应征；在尚未觅得一枝栖之前，也不要荒废时间，去学点东西吧，边学边找，只要不放弃希望和努力，一定会如愿的。

不能赔上自己

凡经过深思熟虑之后所做的决定或抉择，因为有充裕的思虑和多角度的权衡，利害得失仔细评估过，所以往往较少遗憾。但人生许多关键时刻，决定的那一刹那，常常是突然来到，当下就要选择，令人措手不及、错愕迷乱。一个决定错误或选择失当，生命列车突然大转弯，才发现人事全非，懊恼不已。但是，一切都已来不及了。

所谓一念之差，都是因下决定的那一刻，失了把持的意念。

我曾在大学刚毕业不久，在惊险的一刻做了迅速而正确的抉择，至今想来犹十分庆幸。

当时我在一家广告公司上班，那天正好参加一个由老板主持的动脑会议。散会时已八点，老板做东要请与会加班的同仁吃饭。

我在步出会议室时被老板叫住，他要我搭他的车子前往餐厅。

在那一刻，我心中丝毫没有犹疑或迷惑，因为人多，势必要分搭几部车前往。

但上车之后，同坐后座的老板，竟当着司机的面对我说：

"我工作忙碌，唯一的嗜好是跳舞。等会儿吃完饭，你不动声色仍搭我的车回公司，然后我带你去跳舞。"

　　有关老板的韵事传言极多，和他有勾搭的公司女同事个个都在公司内被流言污染。我当时因害怕、震惊和不知如何应付而全身颤抖不已。到餐厅的车程不过五分钟，我拼命叫自己冷静，慌乱中突然灵光乍现，我想：拒绝他大不了失去一份工作；相反，我却不愿因一份工作而失去自己。想通以后，我觉得坦然无畏。

　　到了餐厅，我当着大家的面宣告那天是我父亲生日，吃过饭必须赶回去。老板心知肚明，我没有撕破他的脸，他也乐意假戏真做，向餐厅买了只烤鸭让我带回家当父亲的生日礼。

　　那次之后，我非但未失去工作，反而赢得老板的敬重，在那一行干得有声有色。

写作仍需笨功夫

认真说起来，我开始自觉式地写稿子，应始于小学五年级。那时联考国语一百分，作文就占了三十分，比例很重。我当时代表全校参加全市作文比赛，每一篇作文，几乎都被抄在教室后面的黑板上让同学观摩。初中联考作文，我拿了二十五分，差强人意。大学毕业虽未鬻文为生，但仍在三十四岁那年再度执笔、再作冯妇，并且于三年后成为专业作家。

很多人看了这样的经历，会有一种错觉，认为写作纯粹是天赋，无关后天。

我必须承认，写作多少是有天赋的成分在内，福克纳所言，作家的三种能力：经验、观察力与想象力，后两者的天赋成分较大。但如论及写作的功力，则后天训练占了很重要的要素。

现在回想起来，会走上写作之路，其中环境的因素不容忽视。童年时家家物质匮乏，要图个一家温饱已非容易，自然更不可能顾到孩子课业以外的其他天赋培养。当时，乡下孩子以自然为师，储存了丰富的生活素材。而我幸好有对爱讲故事的双亲，父亲讲格林童话、北欧童话，还有台湾的民间故事，甚至聊斋故事中的好几则都成了我们幼年时的床边故事。母亲则偏好讲励志故事鼓舞我们，日本乃木大将幼年的事迹她讲了又讲。上小学以后，尽管家里常常必须赊账过日子，但父母难得有志一同，对于买童书给我们兄妹毫无吝啬，哥哥有《东方少年》和《学友》，我的则是《儿童乐园》和《新学友》。

所以，爱听故事、想知道书中那些角色的故事如何发展下去，就诱使我饥渴地阅读。

虽然当时初中也需联考，北一女六年功课繁重，但我仍拿零用钱或早、午餐节余下来的钱去买书。初二那年寒假，我已读过《红楼梦》《水浒传》和《七侠五义》，以及《块肉余生录》①《简·爱》《咆哮山庄》等翻译小说了。

也因此，我演绎出一则法则：要写作，最起码得喜欢阅读，那是写作者最原始的根基。

我看书有一个笨习惯，读教科书第一遍一定画重点；看小说、散文或传记、新诗等所谓闲书，一样拿着一支红笔，把书中动人佳句一一标列出来。一本书看完，有时红红绿绿好几个颜色的笔，标出不同感受的片段。过一阵子，偶然想起，顺手拿出一本看过的闲书，翻到自己做了记号的地方，反复咀嚼，既能浇胸中块垒，又能自那些作品中得到滋养。如此，好书一看再看，佳句一读再读，融会贯通，慢慢成了自己的东西。

大约是高中时候养成的习惯，我开始用很精美的笔记本，一句句、一段段，抄下我看过的种种闲书的佳言妙句。这种工作很费时，不过我觉得值得，因为自己抄录一遍，印象深刻，

---

① 大陆译为《大卫·科波菲尔》。

很难忘怀。而且以后想看，只要翻翻这本笔记本即可，无须去找每一本书了。

我开始在广告界工作，做的是文案，虽然起初毫无经验，但下笔为文，有了前述那些自我锤炼的功夫，很快便头角峥嵘。十三年后拾笔写小说和杂文，有人认为我文字精确、经济而利落，我想年少时下的功夫没有白费吧。

这种笨功夫，除了有助于写之外，亦能帮助自己选书阅读。现在资讯如此发达，每年新出版的书那么多，选书阅读便成必须。通常一本文字平淡无奇、毫无新意的书，不管是任何文体，大约都成不了什么好书，无须浪费时间阅读，只要翻看前数页即可分晓。所以，同样是小说，内容之外，文字好坏也能判出高低，有志写作的人，能有选书的素养，亦算是事半功倍的"基本功夫"。

我思、我感、我写。做笔记的习惯，有助于文字工作。

我是一个很勤于做笔记的人。

有时听到一句好话，是谚语也罢、俗语也罢、劝世文也罢、哲思语也罢，只要是有意思的、趣味的、通达人情的、讲得妙的，全赶紧将之记下，有时还会把当时的状况或来龙去脉、前因后果等简单记下，使之更为完整。日后翻阅，不会摸不着头脑而成为"废句"。

有时走在路上、坐在咖啡馆里、旅行中、看电影或演讲前等等状况，脑中突然灵光闪现，一个故事、一段对话、一些情节、一种领悟，非常离奇地冒了出来，我马上拿笔记下——到了这把年纪，再也不可信任自己的记性，白纸黑字才是明确而可靠的蓝本。

关心与好奇，是写作者灵感的方便之门。我喜欢知道故事发展；人与人如何相处、沟通或吵架；某些人如何生活、如何说谎？一个表情呆滞的女人，她的内心想些什么？一个喝酒的男人，为什么喝酒？我常常独自走在闹市之中，脑中汹汹涌涌是些乱七八糟的故事情节，我看到很多不相干的人，表情木然，但我却饶有兴味地想象着他的人生……我曾跟不少影歌星交谈，即使是正在最高峰的人，我也听得出某种脆弱的声音；我有时站在一位高级华人面前，眼中透视出他生活的贫乏；在一位躲避警察的摊贩身上，却又看到人类难言的机巧与灵活……人生就是这样，要看透、要想通，但却又不能退出。我相信人如其文、文如其人这种绝对性的必然，所以，写作者如果没有一颗关怀的、天真又通达、敏锐而宽厚、了然却谅解的柔软之心，那么即使才高八斗，也不可能成为伟大的作家。

作家像海，包容许多不同的声音、接纳江河，以天地为师，悲悯地写下苍生的故事。

小说第一　电影第二

　　许多专家对于电影或文学各有诠释，其中大都拥有深厚的学养或理论基础。身兼小说《油麻菜籽》原著及电影编剧双重身份的我，却始终秉持小说是小说、电影是电影的单纯信念，投入由小说到电影的工作。在和导演万仁洽谈时，我只在意是否掌握了原著精神，其余为了电影表现或导演风格而加加减减的枝节，大致皆以曲谅的心情接受，我相信万仁具有在翻译原著架构之外，充分发挥再创造的能力。

　　话往回说，我之所以能如此放心，基本上是因为在多次讨论中，发现导演对于原著的时代背景非常熟稔，有关当时的经济活动、社会文化、教育状况等，他都耳熟能详，甚至能另外列举更多当时的代表事物，如装有弹珠的汽水瓶、四郎真平哭笑铁面等漫画人物，属于我们成长的那个时代的种种回忆，在讨论中源源唤出，予人温暖亲切的感受，这一切大概要拜年纪相仿、经验相似之赐吧。第二个理由，是导演对原著的喜爱，及基于喜爱而驱动的关怀、了解和探讨。我还记得万仁对我提起他很少剪报，但《油麻菜籽》在《中国时报·人间》连刊三天，他破例剪下保存；以及万伯母有次跟我提到："万仁一直说，他一定要将《油麻菜籽》拍成电影。"我相信彼此间的这种感动，也是推动《油麻菜籽》顺利呈现的力量之一。

然而，即令这样，从小说到电影，经过各种转折，也有某些让原著者觉得突兀或欠缺的地方。以角色诠释而论，小说中所铺陈的人性，往往实际而繁复，虽未必十分鲜明跳动，但是却细微而真切；在电影中，也许导演心中一直有观众存在，而且受限于银幕的叙述语言，在短短的一两场中，往往就须让观众了然角色的个性，因之，其人物刻画势必趋向于刻意的鲜明、突出及单一化。这种现象，在《油麻菜籽》片中，后期的母亲就很明显，除了贪婪、跋扈、严厉、苛刻，再也看不出她广博被深厚的母爱，以及因长期贫困和不美满的婚姻关系，所形成的隐埋在个性深处的恐惧与尖锐。这种因果关系的脉络，在原著中历历可寻，而电影却付诸阙如，所以在学苑影展的座谈会中，许多大专学生举出后期母亲作为的不可信。

原著中，我以为母亲及父亲个性的刻画相当深刻，让人在一种无可奈何的忍耐中，仍对他们寄予深厚同情；而影片中这种感觉削弱了，无形中，父亲后期只是畏葸，母亲则只有跋扈的印象。不过，诉诸文字是否比求诸银幕来得容易？前者是可以行云流水一句带过，后者便不可能如此了。也或许，是万仁擅用对比手法，所产生的必然结果？

三十多年的人世变迁，要巨细靡遗浓缩在短短一小时四十分，乃至只有一小时三十分钟内表现，基本上的确存在着相当大的困难，在目前院线不太愿意减少放映场次的限制下，素材难免面临取舍：有时无法割舍，许多该着墨的地方，只能蜻蜓点水般掠过，剧力渲染自然也弱。《油》片中，因片长及场数关系，母亲与成长后子女间的代沟及家庭争执的疏离气氛几乎完全略去，自然减弱了女儿对母亲宽谅容忍的深意，以及在一味柔顺听从后终于决定不顾母亲反对而结婚的两代冲突，和最后亲情肯定一切，自然而深厚流露的人性。家庭中主权的易位，在电影中，完全取决于那次父亲的外遇，违反了事情常是渐进的演变形态。女儿成年后个性及事业发展，以及基于爱而负起全家经济重责的担当，在电影中，只看到局部交代和她的疲惫忍耐。幼时透过她眼神看到的悲剧人生、破败家庭、哀苦母亲，至此已完全断线，使后半部成为零落无力的片段，影片中阿惠的童、青年，无疑胜过成年后的刻画。我特别赞赏万仁运用眼神的表达方式，他其实真是认真负责在忠于原著，因为他也对我提过，小说中一直是透过阿惠的眼光在看一切。后面稍弱的部分，在我们讨论剧本时，早就感到，而且深觉特别的棘手"时间跨过太长、事件太少，原著此处几乎是采取'过场'的处理"。本来应该等讨论确定、剧本完全写妥定案后再进行拍摄，但当时档期迫在眉睫，万仁被逼得只好违反他信守的原则——剧本不弄好绝不开拍。所幸还借重了侯孝贤先生的敏锐和经验，增加许多事件，所以，上述这些小疵，其实乃非战之罪，难为了导演。特别要提的一点遗憾，上一代的婚姻关系，除了吵吵闹闹的低调之外，几乎看不到丝毫甜蜜或恩情；这些点，原来的构想是有的，万仁特别强调要穿插，如此，孩子一个个生下来，才有支持的理由。可惜后来片子勉强剪到最长的极限一百零五分钟，已经无法再增加任何场次，许多情节都被牺牲掉了。

许多人把《油麻菜籽》归类为女性电影，也许是因为作者是女性，而主角人物及叙事观点人物恰都是女性的缘故。事实上，身为作者，我的野心远不止于此，细心的读者会发现，《油麻菜籽》基本上是借一个台湾家庭的三十年变革，提示了社会的演进以及跟着时代、年岁而消长变化的人际关系，其中包括夫妇、母女以及父女；乃至三十年间两代女性在婚姻、价值、行事等观念的种种转变，称之为女性电影，是否太小？因为不论小说或电影，其着眼点都绝非站在女性的立志引申，我相信这点万仁会特别表示赞同。

我的两部得奖小说，先后都拍成电影，由于《油麻菜籽》我参与的程度较深、层面较广，因此感受也较多。从接触洽谈之后，几乎无时无刻不在"赶"，因为档期已定，抢档不易，所以剧本、拍摄、选角、剪辑、录音等作业全在"抢"。事情一急，难免疏漏，有些可以克服的都未克服，以剧本论，事实上，我们还需几次磋商才能彼此达成协议，而执笔时间如果稍稍宽贷，我相信自己更能掌握。结果，在上演前一天，我才和新闻界一齐看到试片，也是当天，才急急送审。整个过程，在档期的压力下，我一直为制片人张华坤和导演万仁捏一把汗。

万仁为《油麻菜籽》这部片子，投注了许多心血，他的敬业使许多同仁不敢掉以轻心。我特别要称誉制片人张华坤及刘胜忠，他们不克扣制片费用，绝对尊重导演，并且"权""能"分开，全然授权。《油麻菜籽》如果有令人推许的任何成就，他们其实是功不可没的。电影界，除了好导演、好剧本，是否更须要他们提供好的制片环境？

小说改编成电影，题材上有否适不适合的问题？对于这个问题我个人倒是有些感触，除了《油麻菜籽》已拍，《不归路》将拍之外，另有片商对我的《红尘劫》及《失去的月光》有兴趣。这四部小说风格大异其趣，片商取材的观点也不一样。基本上，我觉得无论电影或小说，其实不外人性，两者应有共同的关注焦点。不过，因为表现领域不同，或有歧异。最重要或称最现实的一点，小说题材至少得让导演或片商感觉有兴趣或深受感动，才可能考虑拍摄，就是某些导演所谓的"有感觉"。其次，我个人觉得，太繁复或过分简单的人、事和情节，较难摄制成好电影，因为要再经编剧导演的归纳、删减或演绎增加，如此一来，除非真是掌握得很好，难免有失味的危险。小说里可以从容而细腻描述的心态或心路历程，电影中常须借事件或场景才能表现，太简捷含蓄，观众未必全然能够领会；太冗长繁复，有时导致不耐；有不少电影借助旁白，但旁白使用不当，往往形成败笔。种种限制，使小说中能够表达得淋漓尽致的，在电影中，却成诠释盲点。

《油麻菜籽》已正式公演过了，在同档影片中一枝独秀；它同时也是学苑影展参展影片之一，从全省十七所大专院校举办的大型座谈会中，知道青年朋友普遍喜欢而且关注这部片子。我想，最起码，《油麻菜籽》算是抢滩成功了。因为如此，有许多人问我，这会不会促使我走上为电影而小说的路？

要回答这个问题，首先应该探讨我的心态。我始终觉得，小说创作带给我的感动力和成就感，不是任何事物所可取代，我可以为它哭，为它笑，为它痴迷，为它终宵不眠，而所有这些，只需一人之力即可达成，无须外求，也无须讨论协调；同时，那种驱动力是一气呵成，完全可以由自己掌握的。我喜欢这种创作历程，和自由驰骋的思想形态。

通常在小说写作时，我掌握的是身为作者所欲传达的旨意，我通常喜欢用干净明快的句法表现主题。在创作时，我脑中非常单纯，只有一个念头，即：如何有效传达这个意旨。因此，我不会也无心去考虑场景变换、人物戏份或高潮安排等等，如此写作，岂不缚手缚脚、本末倒置？基本上，我个人相当排斥这种方式。我的小说创作过程，很少考虑读者，我在铺陈一种人生，演练许多悲欢离合，我是非常投入，也相当唯我的。但撰写电影剧本时，观众的考虑，变成非常重要，叫好之同时，最好也叫座，否则成了票房毒药有时自断前程。如此，煽情也罢，笑料也罢，如何抓住观众情绪，也就变得重要。截至目前，我在小说写作时，还从未考虑读者的反应，做个"独立"的小说创作者，不刻意迎合文学评论者或读者，我认为是种严苛但却必须的自我训练。

　　我对电影，一向喜爱，但小说拍成电影，我自己总认为这是额外的，是多出来的，是无心插柳的结果。我无法在从事小说创作时，汲汲分一点心去分析：这部小说，是否适合拍电影？要不要让它适合？那样的创作，也可称之为小说创作吗？我怀疑。我宁愿真要拍电影时，再来一番再创作，虽是两番功夫，但站在原著和电影的价值及表现领域之歧异上，我相信应该值得如此煞费周章。

成名与姊妹情感

　　某次参加一场文学研讨会，结束后和多位女性文友，包括副刊主编、大型出版公司总编辑、大学教授等一起餐叙，大家谈论着最近的文学现象，几件轰动消息和文友近况，因为大家不是闯祸无数的主编，就是在大学中专门教授现代文学或文学评论的专家，要么本身即是从事文学创作者，因此话题最后就集中在某些文学作品的好坏上。

　　一部作品的好坏，自然免不了会提到相关性的评价，有人说：

　　"奇怪，那部作品明明那么差，连一点艺术价值也没有，为什么那位评论家将它说成不世出的好东西？而且没有人敢提出反驳？"

　　"哪里，你没看过×××在我们报上批评的文章。那是文坛唯一有道德勇气、敢讲真话的人。"在座某报副刊主编即刻提出反驳。

　　"另外，那个汉学家×××对某某还不是吹捧有加。"另有文友提出疑问。

　　"那种吹捧，其实含有私人感情在内。那位汉学家与某某私交甚笃，每次汉学家来台，都住在某某家中，吃住招待，外加观光、接送、当免费导游及司机，老实说，天下没有白吃的午餐，某某下了很大的功夫，凡事都须要投资的，哪里可以平白得到。"

在讨论中，大家发现一个很不争气的现象，即：很多女作家都是男性捧红的，而女评论家看好的女作家，常常不见得能被文坛接受。所以虽然目前女作家很多，但在文坛具有关键影响力的，却是男性。或者这样说吧，当男性评论家愿意说某女作家好时，她才能被认为是好——当然，事实上她好不好是另一回事。

不久前，我还听到旅居达拉斯及纽约的文友，不约而同地问我：不觉得国内的评论界也太"学阀"了吗？就那几个人在呼风唤雨。

男作家欣赏的小说，其实大部分都充满了性和暴力（或死亡）。而写这一类小说的女作家，"其实都常是人如其文，也都是见（男）色忘（女）友的女人。"一位女教授就坦承，这些女作家对女性都不友好，她们对女教授一般都不领情、不买账，而只对一些"男学阀"或男评论者示好。

"你对女人很好。"女教授笑着告诉我，"我发现在所有的女作家作品中，只有你作品里面有姊妹情感。"

我哈哈大笑，半真半假回答她说：

"所以男人不喜欢我嘛。"

这一场聚谈，就当作是本年一桩笑谈吧。

长江渡轮上读你

暮春时候，电话留言里有一通全然陌生的问讯——声音是陌生的、名姓也是陌生的，而找的确实是我。打电话的人远从福建而来，担心我不愿回电，所以她在电话里提到一个福建友人的姓名。

所谓的福建友人，其实只有一面之缘。1992年我应某报之邀，与几位同行共赴福建，做探访"原乡"之旅。我父系是漳州，但同行者去漳州的人太多，所以我改去母系原乡泉州安溪，那位福建朋友是安溪县妇女联合会主席，在我赴安溪时，曾陪我一段。

回台以后，我将那次原乡行写成一篇文章，此间报纸刊过之后，福建《台港文学选刊》又转载。打电话给我的人，当时并未读过我的那篇文章，那年她也尚未调到安溪县服务。

几年之后，打电话的朋友，我们姑且称之为W女士好了，某次在长江渡轮上经过三峡，身边正好不曾带任何书报杂志，为了打发无聊的船程，她就在渡轮上寻找任何可以找得到的、有文字可读的纸片。结果，刚好让她找到了那本刊有我的原乡行的《台港文学选刊》。

就在当时，该地，在长江渡轮上，两个素昧平生的人，透过一篇文章，有了共鸣和神交。

文字，不，是印刷，不，是出版，竟然有着如此惊人的魅力和奇迹：只要你出版了，便可能在某一天，也许是千百年之后，在某一个你意想不到的地方，得到某一个人的共鸣。

因了一本旧杂志上的旧文章，两个素昧平生的人，越过海峡，相约见面。又因为W女士是安溪县委副书记，对安溪县的发展，有着一定程度的参与——在这种参与中，我那篇原乡行中对安溪县发展的某项管见，又对W女士造成某种影响……这其中的转折，真的是执笔为文的当时，根本不会想到的。

人生的过程里，有许多人和我们擦肩而过；有许多人与我们邂逅；我们遭遇了一些事；我们邂逅了另一些事；一些人，在我们的生命中来了又去，甚或出出入入。或许，正像一首歌里的说辞：其实，人生不过是"和那些事、那些人，相遇的过程"。听来有些许苍凉，但，那不正是人生的况味？

穿过一个人的心灵

　　初二时，因缘际会看了一场南雅人的舞展，深深被撼动。当时，因联考而久被禁锢的心房，仿佛被美的闪电一击，通上电流后一直颤动不已，开启了那始终沉睡昏聩的张看艺术的双眼。

　　那种感动使人泫然欲泣。没有想到，舞蹈能将"美"如此淋漓尽致地表现与传达。

　　因着这对舞蹈艺术的膜拜，大二时，很盲目地选修了土风舞课当体育学分，结果学期末以补考有惊无险地勉强过关，才开悟了欣赏与实际能够创作之间，实在是截然不同的两回事，即使只是演练艺术作品，只怕天分与苦功都无一能够偏废。

　　半生中，被许多人、事与景感动过；也因种种艺术而催动过心灵。艺术，时而具有清水的力量，冲洗心灵污垢，让人重新清明观照自己本心；有时也具疗效，抚触伤口、治愈创痛；有时如抛桶入井，扬波起涛，让身受者遥接古往今来创作者的心灵，穿越时空面晤知己。

　　某一个寒流来的深夜，我独自坐在桌前翻阅一本杂志的图片：积雪的竹林，一管管翠竹，密密却又孤傲地挺立，竹节上全是沾染不去的白雪；一株横生水上的老干，干上积雪在欲融未融之间徘徊；另有一帧着雪红梅，如冰白雪烘花如叶，每一朵都是一声赞叹。

原来，每一种美感都要穿过心灵，欣赏或创作皆然。被他人的创作吸引，仿佛穿过他们心灵的森林，数过他们的心跳和步伐，再和上自己的心跳和步伐。而创作呢，形式其实不重要，只是用一种自己最能掌握的表达就是了。

红楼人生的华丽与苍凉

　　一本书，除非很烂，否则多多少少都会让读者有所获得、有所启迪、有所交心或有所震撼；而这些影响，又常因读者的年龄及际遇而有所不同。因此，一个人如果经常看书，便经常可能被某本书撼动。以我个人的经验而论，少女时代读茨威格的《一位陌生女子的来信》，激动莫名；再往后，读雷马克的《西线无战事》，对他所描述的战争的可怕和绝望无助印象深刻，而且深受震撼；一年前，偶然读到美籍爱尔兰裔作家法兰克·麦考特的自传体小说《安琪拉的灰烬》，对他所述说的那种穷到谷底又完全束手无策的状况不仅心有戚戚，对艰困成长的无望灰色更是动容不已。

　　然而，论起一本书的丰富、壮阔、细腻、深刻、博大而且影响深远，却还是非《红楼梦》莫属。

　　像《红楼梦》这种书，各个年龄段的读者都可以读，但却都有不同感受；任何人读它，也都可从不同角度说出一大串不同凡响的见解，它其实更像人生，每个人都从他个人的际遇去描述它，就如瞎子摸象，摸出来的结果往往大相径庭。

　　十四岁那年的寒假，第一次读《红楼梦》，虽然勉力读完，老实说，除了那些重要人物的情感瓜葛之外，读懂的地方真是有限。过了二十年、专业写作之后再读《红楼梦》，才发现它的伟大和丰厚。

过去有人的论文，提到《红楼梦》一书共描写了多少人物、写了多少场景、作了多少首诗，我因纯粹只是喜欢、并不做研究，所以没有记住那些数字；但是单凭那些印象，以一个专业作家的眼光来看：写那么多人，却能人人都不相同，外貌、个性、遭遇、言语、行为……这是何等的功力和心血！真正要在写作上下功夫的人，往往可以从《红楼梦》里得到许多滋养，大的部分诸如叙事、写景、谈情以及整部书的伏笔与连贯；小地方则如一条裙子的描绘、一个女子的形容、一句话的神情语气。除此之外，红派用语在近代及现代，更影响了众多写作者的风格。

这些浮面上的特色已足以坐实《红楼梦》成为伟大作品的条件，不过，《红楼梦》叫人爱不释手、感慨低回的真正原因，却是它在书中传达出来的那种由华丽丰美而至急转直下的苍凉和无常。从元春入宫的贾府盛世，跌宕写到贾府抄家，死的死、走的走、出家的出家，像是生命由繁花盛景、五彩缤纷的春天，走过盛夏、进入悲秋，再堕入严冬；也像众人团圆、笑语欢颜的升平盛世，被悲欢离合、生死病痛扯散，而变成一幅令人唏嘘的残景。

这部以作者的血书之的作品，透过笔墨迸射出来的感染力量，无论是身在华景或心已苍茫的人，都一样震撼与感动。这已经不是伟大二字可以形容的了！

辑三

家庭天伦爱

　　爱，仅仅是在他如幼苗成长时，给他最好的培育和训练；告诉他人生的风雨，指点他穿得轻些；鼓励他四海遨游，再为他点一盏不灭的、欢迎归来的母爱灯……至爱之中，其实含着割舍的成分，舍得他经受考验、舍得他独撑风雨、舍得他离我们高飞……

远钓成功港

第一次认识"成功"这个渔港的地名，不在地图上，而是透过一位密友的口头传播，那时他刚环岛回来，"成功"是他偶然落脚的小站，一宵小住，居然发觉这渔港丰富得令他十分留恋，于是两年去了三次，还逢人夸说介绍，乐意充当向导。

我们利用十月份的两天半假期，事先托旅行社千难万难买到两张机票。临行当天，原来约好他先回家拿钓竿和渔具箱，然后以计程车到公司搭载我同去机场；可是临时他却因公务羁身，直到十二点一刻才神色仓促地赶来，塞给我两张机票，要我先去机场，然后他回家拿钓竿渔具。（据说，到"成功"不钓鱼，简直就白来！）我一看腕表，又看机票载明的起飞时间，脑门一昏，我的天！一点二十起飞，扣掉十分钟检查、上机，他必须在五十分钟内赶回永和，再直奔机场，想想看，一百多块钱计程车费的路程！变起仓促，我这从来没自己出过远门的人，只好一边苦着脸，哀哀叮咛："你要快点喔。"一边硬着头皮直奔机场。

十二点四十到达机场，跟着乱哄哄的人群去划位，然后便站在入口处"读秒"，一遍又一遍计算着他来回所需的时间，越算越没信心。一点零五分，几乎已经进入休克状态，突见那人出现在入口处，背着钓竿，状甚悠闲地望着我傻笑……

飞机起飞十分钟后，同行的人歪着脑袋睡着了，我却在紧张的余波中荡漾着，兴奋得坐立不安。天气不好，层云密集，从机窗向下望，除了云之外，还是云，穿云入雾，一片迷蒙。飞行中稍觉颠簸，思绪随着航行起伏，自由驰骋，无远弗届！这会儿真是再快慰不过了，那些平日困扰你的人情世故，全部被抛在脑后，你尽可放任轻松，让案牍劳形的疲惫身心好好休憩休憩！

启程前他对我说，五十分钟的飞行，约有半程飞在海上。可是我极目俯视，就是看不到所谓"海"的东西，只见墨绿绿一片，满是疙瘩，类似一层煤渣，也颇像释迦佛陀的头发，起先我以为是崇山峻岭的万木千林，可是一片广漠，穷目无涯，又似不像。机临台东机场，这片墨绿绿的怪景象，逐渐转成深蓝，机行愈低，色愈湛蓝，而且渐渐看到一波一波，层层叠叠，果然是海！我不禁想起《火雷破山海》影片中，那惊涛骇浪，噬人巨波！"海"这个泼妇，果真风情万种，庐山千面啊。十月暖阳在台东威力仍大，可是风也不小。台东机场停机不少，往兰屿可容八人的小飞机，孤零零地停在一隅，风大时机翼还会微微颤动，真不相信它能御风而行。他得意地向我夸示，说两个礼拜前到兰屿，就是搭的这班飞机，我看看他的身量，再瞧瞧飞机，实在不可思议。

远航巴士载我们到台东车站，这只脚刚跨下巴士，那只脚便间不容发地踏上开往成功的公路金马号。依我的意思，本来希望看看第一次光临的台东，可是同行者却直奔目的地——成功。我想想，人与人的想法到底不同，有的只走起点到目标的直线距离，有些却想到该驻足品尝浏览一下历程中的种种，这也就是为什么同样的人生，而每一个人的感受都不同的缘故。

公路车颠得很厉害，我们一路站着。小地方的车掌司机特别富人情味，三百公尺以外的乘客，他等；依依话别的旅客他也等；慢吞吞掏钱又等找钱的乘客他也等！我这个坐惯后脚未上，车已开动的台北市公车的台北佬，实在看得心烦气躁！加上舟车劳顿，午餐没有好好吃过，几乎要站不住了，后来只得坐在他那两千块钱买来的渔具箱上，把脑袋靠在他的手肘上闭目养神。这时，后座一个中学生突然起身让座——让我坐！这还是我这一辈子第一次被人让座！他即乘机调侃我："你是老弱妇孺。"实在是太累了，胃也很不舒服，顾不得他笑，也顾不得谦让，忙不迭就道谢"上座"。

好不容易熬到"成功"（再不到，我就要宣告"失败"放弃了），只见街道宽广，二层楼房沿街皆是，便问身旁那识途老马：

"成功到底有多大？"

"你没听到刚才车掌说'成功总站'吗？'总'该不小吧？"

的确不小！而且很进步！车站到处都是琳琅满目的户外广告，商店林立，楼舍齐整，好几条宽敞的大马路！

人们互相亲热地打招呼，好像住在这里的，全都彼此认识。我们这两个异乡人，走过熙熙攘攘的大马路，投宿在海滨一家旅店，行李一丢，冲了个澡，匆匆吃过面，便飞奔到鱼市场去。天晚了，渔船都已归来入港，卸下捕获的鱼，有些甚至已被装运到远地去了。不过市场上还剩下许多大得惊人、奇形怪状叫不出名字的鱼：有身如菱形、尾长有毒的；也有状似沙丁鱼，被两大块冰片夹着运上货车的；又有被用作"沙西米"的旗鱼之类，另外一头小鲨，孤零零躺在一边，更妙的是一只大海龟，被掀倒在水泥地上，翻身不得；还有一头大鱼，剖开腹部，赫然发现一条尚在母胎但已完全成形的小鱼……太奇妙了！这个似小实大的宇宙世界，这些种类繁多的万物生灵！

看完了鱼市场，我们又漫步到灯塔处，天已完全黑下来，我们坐在灯塔边上看两个钓者点灯垂钓。海面上吹来的风带点咸味，潮打在岸上，是那样柔美而富韵律，那样含蓄而动人，像是一种温暖的抚触。这秋天的夜，仍然可以望见疏疏落落的星子，它们一眨一眨的，似在和灯塔的灯光玩着俏皮的游戏。远眺海面尽墨，回头但见万家灯火，好一个阒静的渔港之夜。在这儿，生活条件可以压到最低，人们不用汲汲营营，那些扰人的偏头痛、胃痛、失眠等都市紧张症，也都可以霍然而愈。生活实在是一种很简单的事！1845年，梭罗就已躬耕而食、筑室而居，向世人晓谕了人生的真谛。

我们沐风而归，沿途路上尽是懒懒躺着的野狗，不小心就会一脚踩上；三五人家拿着藤椅坐在大门口，有的读着下午才送达的日报，有的天南地北地聊，有的好奇地看着路上的行人，一切都充满了闲散的逸趣，一切都富有浓浓的乡土味，生活，原是这样朴质亲切的啊！

成功街上逛了一圈，发现这儿的建筑有个特色，以独栋二层楼房为主，每家为求别致，拼命在外墙及阳台的花样上求变化，所以争奇斗艳，各有土味的美。

这一晚睡得很早，一方面因为累，一方面则因乡下地方睡得早。为了看凌晨出海的盛况，我一夜睡不安稳。凌晨三点，一个人趴在窗台前，远海一片漆黑，看不到一星渔火。四点再起来，天仍是黑的，可是已看到远处有三四盏渔火，出海的船有三四艘了。我独自看了会儿，渔火在黑夜中显得很神秘，渔船上现在不知忙得怎么样了？张网或用鱼叉？大鱼或是小鱼？成群的还是落单的？想象着，天就在兴奋的遐想中蒙蒙亮了。

六点出门，街上商店全部大开，包括鞋店，我怀疑这么早谁去买鞋？我们到市场买了二十块钱的鲣仔鱼做钓饵，希望小鱼钓大鱼；他又为我买了支十二块钱的小钓竿，然后迤逦地走向海滨去。老实说，除了鱼儿上钩的那一刹那特别有快感之外，我不太能体会垂竿苦钓的况味，所以干脆鱼竿一放，在堤上乱蹦乱跳；他嫌我吵走了他的鱼，硬把我的钓竿拿得离他远远的，然后将牛肉干、小点心、橘子等塞给我，让我去野餐，自己就像煞有介事地等起来了。我坐在那儿又吃又喝，一下子看着远海，一下子瞄瞄近陆，好不快乐。混了一上午，结果毫无斩获。收拾回去时，我们彼此奚落一番。我在无意中捡到他掉落的一串钥匙，他嘉许地摸摸我的脑袋，说：

"很好！小兵立大功！"

按照计划，我们来时搭飞机到台东转巴士；回程则准备到花莲搭晚上十点半的花莲轮，目的是"为了带你在船上吃消夜"。他说。这也就是我们所谓的"海陆空大会串"。

下午，匆匆又去鱼市转了一遭，早归的渔船正在卸货，各式各样从未见过的鱼，太壮观了！一对小鲸，背脊上被尖刀刺了好几个洞，一齐被拖上水泥地，我伸手抚触它们，被那绝顶粗糙的外皮吓了一大跳！两点半搭上最后一班直达花莲的公路局，一路颠簸过去。路面不好，路程又长（足足走了四个多小时），害得我要睡不成，读报也不行，只有拼命地把袋里的东西吃完。天气阴郁，沿海一片黑蓝，入山时，还飘着蒙蒙雨。车子停停走走，我们就吃吃看看；五点半，天已昏暗得视线不明，山路狭窄，山区多弯，我才恍然为什么两点半以后就不再有车次的缘故。

七点前进入花莲市区，其繁华热闹不下台北街头，加上又是节日、观光季，更是人山人海。比起成功的悠闲野趣，形如天壤。离开船时间还有四个半钟头，我们好整以暇地吃完晚饭，又找家咖啡馆喝咖啡，磨了半天，才扛着行李逛街买名产，挤上开往码头的巴士。

码头上挤得水泄不通，旅客们排成N行的队伍等候检查行李，我们千方百计就是买不到特等或二等舱票，只好上船再说。行李检查整整排了四十多分钟，上了船又去交涉舱位，确定没有时，我们两个都傻了！

他说："我一个人好过，到处都可以窝，你在可就麻烦了。"

的确！漫漫长夜，何处歇息？别说统舱了，连旅客休息室、出口处的座椅、游乐场……凡是有顶遮盖的地方全被人占满了。人之多，真是不可思议。

他去租了两条毯子。我们坐在甲板上，看船驶离花莲港，海的湿气，带来几分寒意，航行越快，风吹得也更大，原来万头攒动的人群，慢慢显得疏落了。我们到底舱吃消夜，清粥小菜，明亮的灯光，配上晃动的船身，一切显得非常美好。

十二点，底舱到处都是人，大家铺了毯子打地铺，或三五好友、或父母子女，一处处的，全都躺满了人，除了有限的走道，根本没有空间了。他又去加租两条毯子，然后我们在甲板找了个角落，一个两张毯子，一铺一盖，把自己卷成圆筒状，将就着度过这漫长的一夜。

　　冷！海风贯穿毛毯，直吹进身体，不时还有细细的水丝扑上脸。我把脑袋藏进毯子，也不知何时，就在迷迷糊糊中睡着了。

　　只一会，又被冷醒，左拉右扯就是盖不暖，心一横，把学来的三分钟入睡法派上用场，居然有效！不知多久，突听有人唤我，脑袋一探，原来是他。

　　"下雨！我被淋醒的！我们再换个地方吧。"

　　勉强起来，毯子一离身，简直冷透骨！摇摇晃晃下楼梯，换到侧甲板上，就在人群中找到了空地，又打地铺。如此醒醒睡睡，足足折腾了一夜。

　　船进基隆港，我们相顾一眼，看看昨夜艰辛可曾留下痕迹？

　　清晨六点二十分，计程车疾驶在高速公路上，太阳未出，但可预见万里晴空、艳阳高照的一天。

　　想想在成功也不过待了二十二个小时，来回旅程却耗去相等的时间！好莫名其妙的两个理想主义者！然而，这"不失其赤子之心"的两天，又是多么值得珍惜啊！

丈夫的空头支票

　　婚前，丈夫和我都是喜欢游山玩水的人，尤其是他，一竿（钓竿）在手，再远也去享受垂钓之乐，我们曾有搭机到澎湖和台东成功渔港远钓的纪录，平时近处的山滨水湄就更不用说了。结婚时，正值创业维艰的时候，不但蜜月没有，婚假取消，甚至在婚礼的第二天就开始工作了。

　　为了这，丈夫特别开了几张支票给我，票面是"如果年底业务好，就带你去东南亚""如果七月公司顺利，我们就去澳洲""如果……"拿着这几张远期支票，一时真有要和丈夫一起去走天下的豪兴与旅情。

　　结果近一年，每天和他一起早出晚归，看到他两肩重任东奔西跑，为了业务拓展和公司稳固而拼命工作，竭力苦思的辛苦模样，实在不忍心再向他提要求兑现那些诺言的事。偶尔他自己过意不去，会向我重申一下那些诺言和意向，我只拍拍他的脸，哈哈一笑："算了，当作是丈夫开给我的空头支票吧！"这以后，当我们两人多次身心俱疲、苦不堪言时，这"丈夫的空头支票"就成为我们心灵上的一个难以言喻的奇妙的希望之声——我们相信它会兑现，也彼此知道在这支票中，蕴涵着丈夫的爱心以及妻子无言的谅解和支持。因着这共同的希望和互相扶持的感情，而使困难辛苦的日子，能够顺当地过去。

丈夫不是一个随便许诺的人，嘴巴实在不够甜，可是婚后夫妻胼手胝足，他许是为了自励及共勉，或者乃是自己私心期望顺当的日子赶快到来，所以才会偶然吐露一下对度假的憧憬向往。刚结婚时，我自己工作辛苦，当然也知道丈夫工作格外劳累，但仅止于肤浅的这一层了解而已。有时他在家不言不笑，嫌我烦他，我还异常生气，觉得这个人不够体贴，夫妻就是两人，更该相互为伴才对，怎么连居家生活也谈不得心？而且有事更该告诉我，让我了解协助，何以闷声不响？

逐渐地，从股东、同业口中或偶发事件、会议议决等事项中，我惊异地发觉丈夫背负了那么多的重担：为维护公司利益而招致的同行攻击、股东不谅解、人事纠葛、他人的怨怼不满、一些人情纷扰，加上业务拓展的艰苦、公司掌舵的危机处理……这些庞大和琐碎、艰苦加困扰混杂而成的负担，足够压死一个心志脆弱的人！而他，竟那样默默地撑着、苦思着，企图不干扰妻子而独力去解决！甚至有时为了让我高兴，还会放我一假回台北，鼓励我自己去看电影，五百年才帮我买一双鞋子……

我埋怨他为什么不告诉我，他说："如果我每件事都跟你说，你不疯掉才怪。"

这就是丈夫的体贴！最近我常常寻思：如果他开过几张未兑现的"支票"给我，但更有许多我未期待而翩然惠临的好意和体贴，对于他那样负担沉重的人而言，无疑是太慷慨大度了。

刚结婚时，我曾为内外两忙的主妇生活，无限冤屈地关在浴室号啕大哭，丈夫当时是用了怎样的耐性抚慰我，而他其实也正辛苦地在适应着婚姻！他常常当我的跑腿，买这买那，偶尔帮我洗碗、洗衣，不挑剔我笨拙的理家本领，每当我下厨做饭，不管如何难以下咽，他总是捧场到底，而且当我问好不好吃时，还会苦着脸点头称好……有时我刷这刷那，忙个没完，他会叫"不要做，休息"！其实他是个有相当程度的洁癖的人，但每当我认为哪里脏要刷洗时，他就阻止，表示"没关系"，有时他还会幽默地损我一下："没关系，将就点，谁让我娶了个笨老婆。"

在很多方面，他是个不挑剔的丈夫。他不挑食，给他吃什么，就吃什么；他也不讲究排场，衬衫、长裤都是一般性的，绝不因自己是个经营者而讲究；我做错了，只要不是公事，他绝不嘀咕；他将薪水袋全数交给我，从不查账，只偶尔在我告诉他没钱时玩笑地问："你有没有贪污？"如此而已。

他词锋锐利，但对于嘴皮上的殷勤最吝啬。结婚快一年，我一直误解他是最不体贴的人，直到最近，我才慢慢体会到他其实是个不错的丈夫，他的体贴都是沉默而笨拙的，久处才知道，像他每次到台北出差，如果可能就赶夜车回来，有几次正值寒冬，夜车一宿，全身冷冰冰地进家门，天都亮了。其实第二天早班飞机回来，也差不了几个小时，只是他担心我胆小，所以赶着回来。每天，除非公事在身，通常他都待在家中，他不喜应酬中的歌台舞榭，又不胜酒力，每以"太太一个人在家"来辞谢应酬，到任何地方，他大都带我同行，虽然难免嘀咕"你最爱跟，我一点自由都没有"！但偶尔我一两天不在，他也会吐点真言："被你吵惯了，偶然不在，倒觉得有些冷清。"

　　他从不记得特定节日，被提醒或要求以后，也很少去准备礼物。为此我常觉不愉快。但这个人，有时会心血来潮去买点我爱吃的食物回来，有时又会很宽容地鼓励我为了见一个从国外回来度假的好友而飞去台北一叙。我们同去逛街，我每每见猎心喜、买个没完，最后总是被他老鹰抓小鸡似的提着衣领败兴而归，但这人有时（大约五百年一次，极为难得）又会主动提议要我买双鞋或一件无关紧要的东西，只因那东西"造型不错"。他从未称赞我的衣装打扮或举止、外形，相反，有一次还在论及影歌星走红原因时，恶劣地调侃我又自我解嘲一下："我太太是以美貌取胜的。"然后哈哈大笑，见我怒极跳脚，他更乐不可支。

　　他的不说甜言蜜语和我的"爱，要说出来"的人生哲学常常大相径庭；我这人又喜欢凭感觉主观认定，偏偏他又难开尊口、讳莫如深；我虽而立早过，却仍幻梦如诗，他却幼即失恃，踏实解事；因此，恋爱倒罢，生活在一起，初时却常觉格格不入，难感顺心。这些日子，日久见真章，倒又显出他的好处来，然而，最让人感觉窝心的是，他从不说对你好，可是却始终把你认定是自家人那样看待。近来，他工作日重、负担愈艰，全心全力在公事上，更少儿女情长。我常常在一旁注视着这个男人——他固然常令我独自撑持一些事情，鲜少询及我的心事情绪，然而正因这种粗枝大叶和全然委托，才使我在许多事上独立做主，不受干碍，得以迅速成长；他固然不够诗情画意、体贴入微，然而他全力在外拼斗，许给我未来美景，倒也差堪安慰；他虽未给我钻戒、汽车、洋房，但两人能晨昏相守，患难相扶，却更该珍惜。

夫妻本是生活的伴侣，相伴生活，互相体恤，最难是常存感激之心。对方的付出，对方的存恤、相让、谅解和疼惜，都不是应该的，而是他（她）基于爱付出的体贴。我感激丈夫在奋斗过程中能对我心存不忍和歉疚，我也欣慰他了解为了扶持他我付出的心意，所以，虽然目前"支票"兑现无期，但是，当他开口允诺的刹那，那片真心却值得感念。

曾经相亲的人

　　初夏某一个黄昏，我和外子约在西门町一家电影院门口相见，我早到了，而且还到得挺早。婚后多年，柴米油盐之外，我们早已没有这种闲情雅致相邀约会；那天刚好答应去看一位导演朋友的电影首映会，所以约在那儿见面。

　　西门町没落不少，所有的一切看来都有些残破，好像残妆的中年妇女，有些不忍卒睹。想起从前，应该是婚前吧，当时东区还没有发展起来，西门町集一切声光育乐之大成，是台北人娱乐的最主要去处，笙歌处处、富丽堂皇，哪里是今天这副模样！

　　我站在那里，漠然看着过往行人，脑里流过的是我美丽的青春，以及一连串酸甜苦辣的往事，心里不免几分沧桑。

　　就在游目四顾的当儿，一个似曾相识的身影掠过身边，往身后电影看板快步行去，我迟疑一下子，旋即回转身去追踪那个身影。

　　那人，那个中年男子，正面对看板，专注地看着电影剧照，我盯着他的侧影，有一点距离——时间的和空间的，二十五年左右和现在大约十公尺的双重距离，使我看不清他的确实与确切的形貌。然而，在那种情况之下，他又确乎是我记忆中的那个人……

突然，那人转向这边，我吃了一惊，匆忙别开头去，等再回头，那人已消失了踪影，再也看不到了！

他不记得我了吗？还是没有看到？是我变得太多？还是……

我不是深怕被他认出，何以又如此怅然若失？

认出如何？认不出又如何？分手二十五年，再无瓜葛，又何必为此影响心情？真是无聊！

我站在那里，想起这曾经短暂交往的男子，年轻时的迷惘、决绝、自以为是，现在想来都不是什么大事，但那时却一味偏执……

那个人，年轻时候，电影院只要排有二三十人的"长龙"，他便不肯跟着人挤；可是我却是那种一旦决定要做什么、就非做不可的人，为此两人经常不快。他喜欢一切有关机械的事物，并且完全无法容忍别人风花雪月的癖好；而我却是个浪漫而无条理的女子，一切我喜欢的旅行、冥想、电影，他都不喜欢；我喜欢朋友，喜欢一群人志同道合聊天；他却是个近乎孤僻的人……我们相遇，基本上是个错误，交往一阵子，吵吵闹闹，最后的命运不过就是分手。

分手之后，那人曾经自美国千山万水地回来寻我，沧海桑田，我躲开了。何必呢，既然是个错误！

"嘿！你等多久了？"外子不知何时来到，拍了下我的肩膀。

我拉着他的手，快乐地说道：

"够久了！罚你请吃大餐！"

母爱灯

爱，是否该增减一些什么？

舍得

儿子是计划中来到。依照我一向行事必有准备的习惯，怀胎十月，便孜孜不倦从育婴手册及有经验者口授中，默记了许多育婴诀窍。

不想出院后的第一步，便被迫改变计划，阵脚大乱。原来说好帮佣的管家，因为等不及我儿子出生，先应了别人的聘，我只好在剖腹产未完全恢复下，自带那啼声洪亮的小家伙。

小人儿的表现，与一般育婴手册上所述大相径庭。书上说，初生婴儿每日睡二十个小时左右，他只断断续续，勉强睡十个小时；他吃母奶很蹩脚，据说剖腹产的孩子吸吮力弱，每次都急得我满头大汗；他号哭时，我一一检视书上所列导致婴儿啼哭的各种原因，往往遍寻不着而束手无策，时值冬夜，生怕被子闷了他，我让他俯睡在我胸前，如此做妈妈的只好终夜不眠……结果，半个月下来，小家伙不复出生时的体重，尿布疹又使小屁股皮开肉绽，每换尿布，自己就要陪他哭一次；这且不说，负责洗尿布、煮奶瓶、权充育婴助手的孩子的爸，和我一样因长期失眠而狼狈不堪。

满月以后，看人和被看的一家三口全都精疲力竭。我才发觉，育婴手册其实真不管用。

当时外头寻了保姆，依据可信口碑，十分称职；可是心里就是舍不得把他送出去。蹉跎许久，孩子的爸首先支持不住，他每天在办公室，无论工作或开会，脑子一片昏沉，根本无法应付；我自己日夜忙乱，备尝辛苦而毫无成就感，禁不住就会发脾气。整个家，隐隐流荡着不安的气氛。才个把月的小家伙，已进出医院两次，小红屁股依旧，显然在抗议妈妈带得不好。

我是真疼惜他的，恨不得替他身受一切。然而，这样无能的爱，能给他什么？一些原本他不必受的苦，却因所谓的"爱"而蒙受了；而我，勉强担负自己无法称职的工作，再把这些挫折不合理地转嫁到身旁的人身上，反复循环，情形更糟。确实有些事，不是光靠努力就能做得好的。

抱他到保姆家的第一天，用"心如刀割"形容绝不为过。刚开始，想到这从自己生命分枝出去的枝丫，真是无法支撑，几乎一日要去看他三两回。渐渐，孩子养得胖嘟嘟，小屁股不到一个礼拜便痊愈，你不得不信，每一行，每一项工作，都有高手，那是逞强不得，贪求不来的。

我自己的工作，重新又开始得有声有色，那种束手无策的无能感觉消失殆尽。在全力拼斗一天之后，回到家里，知道自己所爱的人得到很好的照顾，我和他父亲的努力，将更铺陈他成长路上的顺遂和丰厚，就觉得日子没有白过，一切值得安慰。

经验，有些时候还是管用的。从保姆处，陆陆续续学得一些窍门，居然在带小家伙回家的晚上，也有"母子皆安"的感觉。两代之间，彼此不也都是在学习中共同认识爱的真貌？

他一天天在成长，人生路上的甜酸苦辣，没有人能为他全然阻挡；有许多经验，连至亲的父母也无法移植给他，该跌的跌、该流的泪，谁又能代他身受？

爱，仅仅是在他如幼苗成长时，给他最好的培育和训练；告诉他人生的风雨，指点他伤得轻些；鼓励他四海遨游，再为他点一盏不灭的、欢迎归来的母爱灯……至爱之中，其实含着割舍的成分，舍得他经受考验、舍得他独撑风雨、舍得他离我们高飞……

母爱刻画过的轨迹，不管严如秋霜或暖如春水，我的孩子会懂的。

痴迷

儿子十一个月大时，特别缠人。有一天，我好说歹说，连哄带骗，将他放在特别为他学爬而铺设的大榻榻米床上，然后飞快抽身，站在他视线可及之处冲牛奶，小家伙哼哼唧唧，爬起来站在栏杆前，哭着要我抱。我快冲好牛奶时，忍不住回头骂他：

"元元，坏坏！"

小家伙忽然破涕为笑，口齿清晰地学舌：

"坏坏！"

他第一次开口说话，就说出那神奇的两个叠字，我紧紧抱住他，让快乐满溢全身。那时，他又早已会卷舌发出"ㄅㄚㄅㄚ"声，我特别请教医生，他轻描淡写说是运动神经发达，我的初中生物还依稀记得，司运动者乃延脑，这一下，真不得了，硬是引申为孩子头脑好、智力高，自己乐不可支，又不好意思向人夸说，只得天天向孩子的爸嘀咕。他烦了，居然回我说：

"白痴也说自己的孩子是天才。"

冷静想想，倒也不假，一句俗话说得好："家中有儿在襁褓，母亲说谎达三年"，几乎所有的妈妈，尤其是学龄前孩子的妈，全夸自己孩子聪明绝顶，并且举证历历，言之凿凿；等上了学，同侪一比，高下立判，这时妈妈们又会说："这孩子实在是脑子好，就是不肯用功。"对自己的孩子，母亲永远是最善附会、最能发挥优美想象力而又不绝望的理想主义者。我的母亲曾对我说过一句话："天下只有憨的父母，没有愚的儿女。"当时不曾省得，等做了母亲，才发现这是一句世情勘破、深谙人性的话！天下没有不痴迷的父母，人怀挚爱，乃至痴迷，哪有不傻的？而父母眼中，又岂有不好、不聪明的儿女？！

明白这层道理，又觉自己经常感情用事，就特别着意自我提醒：孩子如何尚未可知，切莫对他做不当的评价，给他和我自己带来压力。我虽也犯了天下母亲的通病，却又往往能在神清气朗时，轻重分明地依序为我儿祈福：

"请佑我儿健康、平安、快乐、聪明、勇敢。"

我想，母之于子，没有不贪心的，总希望世界上所有的好，都集中在孩子身上。可是，天下哪有绝对完美的事？但我求孩子健康、平安，依他资质过他应过且能过的得其所哉的日子，如此自能愉快健全；如果老天慈悲，再赐他聪明、勇敢，那，我将心怀感激，教他善用。

也许难免痴迷，但母亲的祷文，却是至情至性，最值得老天优先接纳的人间奏章。

妈妈摘不到月亮

有句鼓励人立志要高的话说："立志摘星，即使落空，你也不会扑得一身泥。"我想立志话是经验谈，总有道理，可是，我却得早早让儿子知道，妈妈摘不到月亮，别对她期望过高、依赖太深。

小家伙学步时，正是似懂非懂、颇难拿捏的时候。他父亲说他还处在"野兽期"，饿了哭、饱了玩，有奶就是娘。可是，我发觉啼笑之间，他已学会如何达到目的。我早就警觉，不能让他用哭要挟、索求所欲，可是每看到他哭得声嘶力竭，小脸蛋由红转紫，我便半途而废、竖上白旗。

为母真难。母性温暖多慈，却偏偏还要叫她严格有律。从"知"到"行"，我自己就挣扎了很久。

"慈母多败子"，爱亦有道。这个观念帮助我终能彻底执行上述信条。至此，我觉得不该让步的事，终于也能硬起心肠让他失望了。他哭时，我不管他懂不懂，认真跟他讲道理，很奇怪，小家伙居然不哭了，用一种奇怪的眼神看我，然后破涕为笑。

我的为母理论，一直在演练阶段，对或错、是或非，其实尚无定论。但我相信，孩子自小就不该给他予取予求的纵容，因为，人生也不会给我们类似的幸运，即使努力，都有或然，更况用力不深。

让孩子认识他所处的世界：温暖、残酷、苦苦、乐乐，学习如何适当地面对它们；让他认清自己的力量：强、弱、长、短，知道怎么去加强和补足；让他体会父恩母慈，却也明白他们绝非万能，有时难免力有未逮。

而我们，承认力有未逮，确需勇气，因为既要忍心让孩子失望，还得不惜破坏父母大如天地的形象。我是早就存心给孩子一个有血有肉、有长处有缺点的父母，一对真实的大伙伴，虽不顶好，但绝对实在，我们并非高天广地，无法庇荫一切，这是孩子和我们自己，都须认识的一件事。

所以，有时候难免得让他尝尝失望的滋味。

带他散步时，公园我们常去的那个角落正待整修，薄薄几片竹篱笆围住，禁止通行。儿子用小手推它，摇摇欲坠而终于不倒，他仰起小脸蛋要我推开，我摇摇头，指着篱内依稀看得到的景观对他说：

"摔摔，怕怕！"

小家伙不相信，开始翻脸，硬要我伸手去推。于是，我伸手佯装用力，竹篱笆纹风不动。我摊开手，对他说：

"妈妈推不动，妈妈痛痛。"

他始终不信，哭着要求，我重复做相同的动作好几次，最后，他放弃了，转向开始去探索别的事物。

其实，那里还未施工，我也轻易能够移开竹篱笆，不过，那总是摆明了不该去的地方；而我，正想给自己和孩子一个小小的测验，看我们能得到什么。

爱与罚

当每一对父母，谛视着红彤彤的怀中幼儿时，我相信他们心中都至诚无悔地对他允诺：他们将倾尽所有，给他最好的。

没有人怀疑这种承诺。问题是，什么是最好的？

即使相当权威的育婴指南，也都预留"每个婴儿都不一样"的后语；医学报告，每过一段日子，都有新论，有时恰恰和前论相反。所有的经验谈，绝大多数皆有出入，但每一位提供者，大多既有理论又不乏实例得叫人无所适从，真真是难为了有心的现代父母。

我们现在已无从享受过去那种"天下无不是的父母"的宽谅；孩子生得少，更叫人无法有"听其自然"的豁达。可是，爱与罚，所谓的教养，到底怎么样才叫恰当？

儿子的前任保姆奉行铁血政策，一切军事化：

"能吃能睡，才长得快。"

听起来像农场理论。我们当然不忍他被训练得那么"乖巧"，又唯恐错过了决定智力发展的前五年，太少的刺激和抚爱，会影响发展；因此，抱他回来时，像要补偿那些不够的，拼命逗弄，结果他连吃奶和该睡时，都误认为"游戏时间"，大玩特玩，我们又担心起他的吃和睡了。

我是从胎教开始，就注意"音乐"了。自己五音不全，更希望孩子有最起码的素养，能窥探到另一片广袤天地。我们给他的，是古典音乐加上可爱童歌，有时还即兴为他演唱几曲，小家伙圆睁两眼，满怀兴趣地倾听，偶然还咿咿呀呀呼应两声，乐得两个人在亲友间奔走相告。

他走得还不太稳时，已然学会开关录音机，还不时将小小手指伸进录音带，扯出一大串带子，拖曳着玩游戏。为免他再破坏新机器和新带子，所以"即兴演唱"慢慢就取代了音乐带，尤其当他满脸恶作剧，注意力全在录音机时。

　　某日他父亲将他抱在胸前看电视，小家伙唧唧哼哼颇不安分，他父亲懒得站起来抱他走动，想用偷懒方法马虎哄他过关，大概也心不在焉，来不及做"清喉咙"的预备动作，便马上扯开嗓子唱歌，也许声音是粗壮了点，不够怡情赏心，小家伙倏地转身，圆睁双眼，面向他父亲，露出惊恐的样子，还很不给面子地用小手手拍拍胸膛，表示他"怕怕"。我们在啼笑皆非之余，也觉得大人以为"好"的，未必小孩就能领受，前者往往会自作多情地给予，小人儿却绝对忠实于他的"感觉"，毫不宽贷。

　　也许，爱就是这般难以拿捏吧？

　　然则，罚难道就那么能够掌握吗？

　　儿子还在襁褓，我就计划等他满一岁时开始和他讲道理。当他会爬学走，似懂不懂，实在不可理喻，我又自动把日期延后两个月；期满之后，只见他更皮更好动，而且学会恶作剧、唱反调，是我们家为反对而反对的"反对党"，取代了妈妈的地位。

　　我们都深感有给他立一道规矩的必要，只是不知道要援用哪套理论。究竟是采爱的教育，循循善诱而长期抗战，或如有些妈妈们主张的"不打不成器"，给他来一下皮肉之痛？一岁多的孩子，实在也不了解他到底懂事多少？有很多次他调皮捣蛋，我屡说不听，便板起脸稍稍提高声音，谁知小家伙望望我，突然展颜一笑，缩起鼻子对我做鬼脸，然后凑近来亲我一下，没事人一般摇摇摆摆走开。严父慈母，这下子，我想只有把"训导主任"的工作交给他父亲了。

孩子的爸比较不苟言笑，但平素小家伙爬到他身上，挖眼睛扯头发，照做不误。有一回不知何故，只听他父亲喝了一声，接着便是他的号啕大哭，我急急出去探看，小家伙正边哭边蹒蹒跚跚向里面走来，泪眼里一看到妈妈，哭声更不可收拾，根本听不到妈妈苦口婆心补充的"讲理"部分了。

小家伙被"开打"的那次，对我们三人而言，都是相当困难的局面。那天，他半碗稀饭吃了一个多钟头，我和他父亲接力喂他也没多大进展，后来，他索性爬到沙发上跳跃，玩得高兴一出手，打掉他父亲手上拿着的饭碗，稀饭顷刻撒了沙发和地板一大片。

他父亲一怒之下举起手，但举起的手停在半空中，久久打不下去。我站在两步外，小家伙僵在沙发上，三个人呈一不等边三角形。他父亲实在是怒极了，一整天不肯吃东西，叫大人又急又担心，偏偏又如此好动调皮，再好的耐性也被他磨掉。但是，自古最难是开始，我相信当时他父亲也不知该打在何处，没有经验嘛，到底最好的落点在哪里，才能既收教训之功又不太伤感情地略施薄惩一下？

结果是，他父亲的大巴掌经过力道调整，很理性地落在他的小手背上，"啪"的清脆的一声，我的心抽搐了一下！小家伙马上低下头，抿着嘴，眼眶红了起来；他父亲迟疑了一会儿，将他抓到怀里，说："元元，爸爸告诉你……"

打孩子的滋味真是百感交集。罚他之前，先就结结实实罚了自己一番；打下去了，发现痛的不是别的，是自己的心……但是，我的母亲、我的母亲的母亲，不也如此万般艰难而一脉相承地经历过来？

少年元翔

  犬子元翔刚满十二岁三个月，半年之内抽长五公分，几乎与我等高，而体重只有四十八公斤。猛然一看，"娃娃相"全无，俨然已是个小少年了。

  突然之间，对于这个过去一直习惯被我们揉在怀里搂搂香香、圆墩墩、厚实实、终日一人饰多角与玩具为伍，而现在不仅外表酷似少年，连言行举止也开始阴阳怪气起来的憨小子，竟觉十分陌生。

  抽长以后的元翔，有一阵子还相当聒噪，没事喜欢在体能上找那外在条件看似与他在伯仲之间的老母亲较量（此乃以身高丈量。盖父亲和年仅七岁的妹妹，对他而言，一个是比上不足的过大，另一则为比下有余的过小；只有我这可怜的母亲，眼看身高是他指日可以赶上，他心中因之有一种与我可以等量齐观的错觉），于是，跳马、投篮、比腕力、赛跑等等，样样他都单挑母亲。

  半是为了满足他的成就感，半是不服老，还有几分凑趣，希望亲子同乐，因此，我亦顾不得自己已年近半百，且终日伏案、筋骨大衰，对于他的挑战，无不勉力应战。

结果，玩躲避球时，右手大拇指被击中挤压，一个多月动弹不得；左小腿吃他一腿，乌青一片，半月才褪。跳马时跨在鞍上进退不得，吃了个倒栽葱，还得劳驾他父亲将我"捞起"，被全家当成茶余饭后的笑柄笑了好几个月。投篮则更逊毙，命中率只有二十分之一，远远瞠乎其后。唯有赛跑，一年前赛完最后一次，我以一肩之差险胜之后，本人就有了先见之明，拒绝和他再赛而得以保持战果至今。

儿子的"体能侵略性"到了春节之后，当他发现已可踮脚平视母亲微秃的脑盖之后，突然由"平行"而转化成一种俯视状态的"骑士精神"和"管人症候群"：下雨和我同行，他开始为我撑伞；买了重物，他会主动为我服务，显然，他已视我为弱者了。

然而，当我和他妹妹忘形地在街上哼唱儿歌时，儿子每每毫不掩饰地以一种嫌恶外加泼冷水的表情质问我："妈妈，有像你这样疯疯癫癫的作家吗？"我始终不知道，在他心目中，"作家"究竟应该是什么"形象"才对？

偶然换了新发型，老的不知不觉，儿子会说："妈，这个发型实在不适合你。"问题是，十年来，在他口中，可从来没有一种发型或一套衣服是适合我的。这个儿子真是生来打击母亲信心的人。

除了对于母亲的嘲弄之外，六年级上学期之前，元翔似乎与许多女生"相处不睦"。

那期间，学校老师常以电话告元翔的状，主要都是因为这粗鲁的憨小子做了什么事被他班上女同学发现而向老师告状的缘故。因此有一阵子，元翔非常痛恨女生，因为她们太鸡婆、太爱管闲事，尤其是太爱管他的闲事了。他的一举一动，包括因运动量太大，撑破裤子，躲在学校后门偏僻处等候我拿新裤子去换的糗事，都逃不过某位女生的法眼。

六年级上学期时，他同组的女生骂他杨贵妃（谁叫他姓杨？），元翔愤而以其他同学替她取的绰号——玛丽莲·梦露回报，不料那女孩向老师告状之后，老师以罚他写骂她的绰号一百遍及扫厕所吓唬他。这小子回家苦思一晚，第二天决定改以新绰号"菜头妹"称呼那女孩，盖菜头妹只有三个字，笔画较少，罚写起来比较轻松的缘故是也。

这类纠纷一多，我们有阵子对他老与女生处不好十分头痛。

六年级下学期，这问题突然迎刃而解，当时我还以为是民政股长不好意思再和女生吵架的缘故。后来才发现，这变化委实透着吊诡。

有天，元翔当"天下一大笑"告诉我们：他班上一位男生K喜欢女生G，男孩的母亲知道后，非常"贤能"地以"小学生谈恋爱会影响功课"而使小男生K"慧剑斩情丝"打消念头。

过了一阵子，儿子又告诉我续集，本已悬崖勒马的小男生K，发现班上另一名男生W约了K心目中的白雪公主G出去，所以K意识到危机而必须及时采取行动。

某个周末，儿子拿不定主意：

"K叫我礼拜天一起去麦当劳，他要约G出来。"儿子和K是死党。

我小心地问他：

"如果你去了，你知道自己叫什么吗？"

儿子默然。

"那叫电灯泡。"我说。

"所以嘛，"儿子有些懊恼，"我决定不去了。"

"G是不是长得很好看？不然怎么那么多人喜欢她？"

"普通啦，很平常。额上长了许多痘痘。"

"痘痘没什么嘛，反正会消。"

儿子摇摇头，说道：

"我不喜欢有痘痘的女孩子。"

作为一个胆怯的母亲，我不敢再像他小时候那样玩笑地追问下去："那你喜欢什么样的女孩子？"

也许正像许多母亲一般，我也宁愿晚一点去面对儿子或许喜欢某一个女孩的那一天吧。

少年元翔，近半年来时常流露出深思的表情，对于许多事情，也开始有了自己的主张，而且勇于表达。举个例子好了，从他很小的时候开始，每当我听到"我那个时代"的老歌，总是情不自禁以怀念的口吻对他详加介绍："这首歌在妈妈大学四年级时非常流行，喏，那首更早，是初一时。怎么样，很动人吧？"从前他虽表现得兴趣缺缺，至少还不会反驳。但现在他会在倾听一会儿之后，突然说："实在是不怎么样。"

相反，有几次，当他告诉我某首歌是排行榜冠军或前几名时，我非常欠考虑、反射式地就说："真不敢相信，这么难听的歌！"如此数次，有天他突然愤慨地对我说："妈妈，什么歌好不好听，不能以你这种人做标准去评量。"我吃了一惊，忽然明白：音乐虽号称是人类共同的语言，但是，这说法显然并不适用于我和少年儿子之间。不只音乐，在许多方面似乎也正显示如此。

我因此不得不想，是否自己该把心情还原到少年时代，最少能和儿子的思考频率若合符节，解读他自以为长大，实则仍是那般稚弱的青涩的思绪？

　　如今，我已不大握着他的手行路。事实上，在他的手掌已大过我的今日，不知是谁该握谁的了。

　　偶然心血来潮去路口等他回家，接到的却是一串抱怨："妈妈，不是告诉你我自己会回家？"

　　他的许多同学，不仅自己搭公车去上各种才艺班，去电视台参加节目录影，甚至相约做各种社交活动。而我们仍谨慎地过滤着他的交游和行动，在放与不放间挣扎而煞费思量。这点又令他十分不感冒："你们为什么不信任我呢？"

　　深知孩子长大必要振翅高飞，但我们总想陪他多走一段，尤其是不确定他的翅膀是否长得够硬时。

　　元翔有时问我：

　　"妈妈，听说国中三年很难过，我会应付得了吗？"

　　这个穿大我两号的鞋子，手掌比我长大、力气也比我勇猛的少年元翔，其实还只是个十足的孩子。身为母亲，我知道要好几年，自己仍会在放与不放间苦苦挣扎；而急着要长大的儿子，却是一点也不可能明白母亲的心。

亲爱的丫丫

和女儿初次见面的场面，毕生难忘。

半身麻醉躺在冰冷的手术台上，周边有主治的操刀医师，以及助理医师和护士小姐、麻醉医师等等，只觉团团围了一圈的人。

手术台上方有一面大镜子，我看到自己被消毒过的肚皮，旋即被趋前而来的主刀医师遮住视线，但我对预知的手术恐惧，却不曾因之被挡掉丝毫。我觉得好冷。

许是为了分散我的注意力，或是纯粹出于好奇，周边的医护人员问了几个有关我作品的问题。我忘记自己怎么回答或有否回答，只听到主刀医师要手术工具的声音，在上面的镜中，看到医师似乎俯身在抱什么，又听到他说：

"好重，抱不出来。"

我的身体没有感觉，过了许久，又听到他们说：

"女孩。"

接着叫我的名字，说道：

"看看，你的女儿。"

粉红娇嫩的娃娃抱到我眼前，我只觉好大的一个娃娃，满头黑而丰盛的发，很少刚出生的小孩有那么丰盛的头发。我的第一眼印象非常满意，因为我自己发细而少，很高兴女儿丰发白肤，看起来那么美丽，一点"皱"的感觉也没有。

她比哥哥出生时重了一百克，高了一公分，是个四千四百五十克、五十三公分的巨婴，一点也不因我怀胎时的恶心反胃寡吃面减少分量，这使我十分惊讶和好奇，对于这差一点出生在英国的小女孩抱着研究的心情。

她是兔年出生的，肌肤白里透红，神情安详和悦，我们尚未为她命名，管她叫"小兔兔"。每次我抱着她喂乳时，她哥哥便好奇地挤过来，摸摸她的头，捏捏她胖嘟嘟的小腿腿，表情是一副赞赏又喜爱的样子，嘴里却有点惋惜地说：

"妈妈，如果她是弟弟就好了，弟弟可以跟我玩。"

"妹妹一样可以跟你玩啊。"

哥哥想了一下，坚持己见：

"我还是喜欢弟弟。"

这种坚持，到小兔兔长大到会和他作对时，哥哥的感觉更加强烈，她不是弟弟的遗憾也益发深刻。

小兔兔未学讲话时闷不吭声，她不像一般奶娃娃咿咿呀呀学舌；她会讲话的时候也不早，是十四五个月大时。不过，她一开口讲话，发音精确，而且会讲许多话，不是慢慢增加。保姆对我说，她很仔细倾听，听熟了、抓稳了才开口讲。身为母亲，我虽乐于相信女儿如此了得，不过心里可也有些怀疑：一岁多一点的奶娃娃，哪来这种能耐？

小兔兔两岁以前，她哥哥对于她是妹妹的这一角色认知很模糊，倒有点"妹妹是玩具"的感觉。有一次，我让他们兄妹在浴缸里洗泡泡浴，两个孩子都把自己的玩偶带进浴缸里玩。哥哥将手中那个凸肚胖臀、他最喜欢的玩偶看了半天，再看看同样也是圆肚子胖屁股的妹妹，对我说：

"妈妈，绮绮真是比洋娃娃可爱一万倍。"

那时候，是他们兄妹的"蜜月期"，大约是两年多前。

不久，我生日到了。儿子逼着他父亲去买蛋糕，他则买了一个吃奶瓶的橡胶洋娃娃给我，说是"娃娃不在家时，妈妈可以玩这个"，俨然将他妹妹当作我的玩具；当然，他自己另外买支玩具枪，"与母同寿"，大家生日快乐。

小兔兔渐渐长大，印证了"女孩子长于语文"的说法。她那时很喜欢我们带她到处逛逛，但才两岁多，就懂得用迂回说法。她常常这样对她父亲说：

"现在外面没有下雨，妹妹想要出去走走。"

要不然就说：

"外面一点儿也不热，可以出去走走。"

她父亲一向比较没有笑脸，小兔兔两岁多时有些怕他，爸爸问她比较爱谁，小奶娃自有她的圆滑，她说：

"爸爸、妈妈、哥哥随便爱。"意即都爱的意思。

她不太让爸爸抱她，又怕他生气，所以一边往我怀里钻，一边不断地对她父亲示好：

"我爱爸爸、我爱哥哥、我爱妈妈。"

妈妈放最后，爸爸置于前，颇有深意。弄得她父亲也无可奈何。

据说女儿是父亲前世的情人，这话可一点不假。我们的小丫头逐渐喜欢起她那可以将她架坐在他脖子上的父亲。没有上幼稚园时，她习惯晚睡。我陪她躺了大半天，她会突然对我要求：

"我有一句话要告诉爸爸。"

我让她下床去客厅。她一跑到客厅，便一骨碌爬上她父亲膝盖，两手圈住她爸爸的脖子，小鼻子摩擦着她爸爸的鼻子，甜甜蜜蜜地说道：

"爸爸，你一个人在客厅没有人陪，我来陪你。"

她父亲一听大为受用，抱住她不停亲吻，自然就不会急急叫她上床去睡了。

她这伶牙俐齿的特点到处展现。有一次，被爸爸罚站，爸爸叫她站到几点几分自动解严，时间过了，小家伙忘记了。爸爸就问她：

"你不知道现在几点吗？你看看长针在哪里？短针在哪里？"

小家伙很生气，不甘不愿地回答：

"短针在睡觉，长针在散步。"

像这样的创意有时会有一些。她有次吃土司，咬成一个"2"字形，很得意地跑来献宝，问道：

"这是不是2？"

因为会讲话，所以难免仗恃这点耍圆滑。每天晚上讲床边故事时，她要求讲很长的，我答应了，但附带条件是只讲一个，她也勉强答应了。我开始讲故事，讲到最后结尾只剩那句"从此王子和公主过着幸福快乐的日子"还没讲出来，她马上截住我，露出委屈的表情：

"妈妈，我本来不是要听这个故事的。"

意思是想赖皮，再听另外一则。

她喜欢抢哥哥的新玩具，哥哥让她几次以后，心里不平衡，自然不肯再借。她跑去告状很有技巧：

"爸爸，哥哥玩具不借我，算是跟我玩吗？"

爸爸一听，自然将大的叫过来，要他借给妹妹，"跟妹妹一起玩"。大的只有更加不平衡，慢慢便对妹妹有又爱又恨的情结。

儿子刚了解结婚的意义时，有回看着吃奶嘴、讨人嫌的妹妹，以怀疑和嫌恶的口吻问我：

"妈妈，谁会娶她呢？"

害我差点喷饭。

小兔兔很喜欢听"丑小鸭"的故事，我们后来又叫她丫丫。刚上幼稚园时，她不适应，排斥上学。有一次她拿了一包巧克力问她爸爸那是什么？爸爸说那是巧克力。她问：

"你怎么知道？"

"那上面写的呀。"爸爸乘机教育，"谁叫你不上学，所以才不认识字。"

谁知丫丫一口就反驳过去：

"幼稚园只教数苹果，根本没教这些字。"

把她爸爸笑岔了气。

甜言蜜语和巧言善辩，到了丫丫三岁半时，简直发挥到极致。

她心情好时，十足是哥哥的小卫兵，跟前跟后吆呼吆喝，唯哥哥马首是瞻。哥哥叫她做什么，她就做什么，甚至为了哥哥，不惜"得罪"爸爸或妈妈。她每次出谜语给我们解，她爸爸和我的答案，一律不对，只有哥哥说的任何风马牛不相及的

"答案"才算"答对了"！可哥哥有时不太肯让她，要么不肯借玩具，要么对她说话没好声气，丫丫对这反应激烈，原因大约是觉得自己对哥哥无条件，但后者却不曾相等回报。吵嘴就是这样来的。

哥哥最狠的骂语不过是："丫丫，你天生讨厌！"

丫丫回报的可毒辣多了：

"你是猪八戒、大把仔、丑八怪！"

哥哥怒不可遏，但反应出来的却是结巴加语塞，所以便恐吓她：

"我要告诉爸爸。"

丫丫马上反恐吓：

"如果你去告状，那我要告诉爸爸，你骂我猪八戒、丑八怪！"

真是够"毒辣"的一招！

后来爸爸"审判"时问供：

"你骂哥哥什么？"

丫丫考虑了一下，回答说：

"我骂哥哥——漂亮！"

好家伙！未免太"坏"了！结果是罚站十分钟，依然难消哥哥心头之恨。

她父亲因之有感而发，认为儿子忠厚，丫丫放刁，而且经常恃宠而骄，必须把她"钉一钉"。

如果不那般尖嘴利舌，丫丫倒是很甜蜜的小女娃。她经常爬上爸爸的腿，两手钩住爸爸的脖子拍马屁：

"爸爸长得好酷！我好爱爸爸！"

有一次言不由衷称赞我漂亮，说我们母女是全世界最漂亮的两个女人。我问她如果要选出一个全世界最漂亮的女人，那究竟是她还是妈妈呢？丫丫经过一番内心挣扎，终于有了舍我其谁的招认：

　　"我。因为妈妈老了。"

　　她是外公宝贝中的宝贝。每次带她回娘家，丫丫总是窝在外公房间摸东摸西。外公有次对她说：

　　"我们去客厅玩，这房间太乱。"

　　丫丫一派自然不过的表情回道：

　　"不会呀，这样才温暖。"

　　这句话窝心极了，马屁拍得再恰当不过，当然更增加她得宠的成分。

　　丫丫对色彩偏好强烈，她从小喜欢紫色，又爱买花，三岁生日为了给她买漂亮的紫色花朵，跑了好些地方。我这一辈子从没买过半朵红花绿叶的，家里盆栽，丈夫买一盆，不出数月就被我养死一盆，如斯十数年。不想生了个和我完全不同的女儿，爱花、爱打扮、爱作怪。三岁半时，她老爹为她买了个梳妆台，就摆在我书桌旁。于是，我的口红、粉盒，她阿姨的指甲油，悉数进了她抽屉，有时急着出门，找不着化妆品，就拼命去翻她的地方。她爱穿裙子，尤其爱露背装，很有"女性意识"，当然，也颇有女孩儿味。拍照时，从来没教过她，但她自然而然可以自己摆出好几种姿势，要求我"再拍一张"。

　　她记性甚佳，有点几乎要过目不忘的程度——不过只限于汉字。她可以在十多二十分钟内记住象棋的棋子，一字不差。但对于阿拉伯数字的2与5，搞了好几个月仍分不清楚。这悬殊差异一直令我们百思不解。

丫丫喜欢极了灰姑娘的传奇，她一直在等待长大之后要和王子结婚。我见她一日日长大，总担心公主王子的爱情模式一旦破灭，她会十分禁受不了。因此，我有一次，小心翼翼地告诉她说：

"丫丫，现在已经没有王子和公主了。"

"怎么没有？"她不以为然地反问，"我不是你和爸爸的公主吗？"

这倒也是。我因之换了个角度：

"每个小女孩都是她爸爸妈妈的小公主。不过，爸爸妈妈都不是国王和王后，你也不是那种公主。"

她居然点点头，不知是否明白。

我又说：

"没有公主，当然也就没有王子——"

丫丫微笑着说：

"长大就有。"

我恍然大悟！是呀！她长大就会有自己心目中的白马王子，我何必杞人忧天，为这事烦恼？孩子有她的脚步，有她自己要走的路，我现在所能做的，只是牵起她柔嫩的小手，将她的聪明变成智慧和爱心，照亮未来的路而已。

来吧，亲爱的丫丫，总有一天，你会找到属于自己的传奇。在那一天来临之前，我要牵着你的小手。

糖果花

　　四月的某一天清晨，醒来时觉得神清气爽，是极难得一夜好睡的结果。

　　照例在大梳妆镜前为女儿扎马尾。将她柔顺的头发往后梳，露出微凸而光洁的前额，女儿椭圆形的、白净的、慧黠的脸蛋，一览无遗地显露出来。

　　"妈咪，我要绑辫子。"

　　四岁三个月的小女儿，对于发型、衣饰、鞋袜很有见地，自然也很有意见，每次要说服她改变主意，总是得花我很多工夫。我常奇怪一个四岁小孩，为什么那么具有性别意识？她是一个十足"女孩味"的小孩，喜欢穿裙子、穿丝袜，有一度偏好涂抹各式色彩的口红和指甲油，她花在梳妆台前的时间很长，经常自己披挂一些玩具饰物，宛如一位阿拉伯公主；她非常手巧，四岁不到已可自己在脑后扎个马尾，一丝不乱；她能依"灰姑娘"的模式，改编以自己为主角的故事，等待她心目中的王子和她成婚；甚至，她会要人扮演王子，然后要求王子为她开门，带她出游；等等。

　　除此之外，她天生善解人意，经常满嘴甜言蜜语，哄得她父亲、我及她哥哥乐陶陶的。最典型的就是，每次我出门回来，她一定以欢呼和拥抱迎接我，两只小手臂圈住我的脖子，温润的嘴唇印上我的脸颊，不断热情地说道："妈妈，我好想念你，好想念你。"其实我只出去两个小时而已。

她极爱花朵。三岁和四足岁生日礼物，要的竟然全是花：鲜花、蕾丝花及缎带花。不像哥哥一般，要的全是玩具。当然，这也令我觉得错愕和困惑，因为，我是一个对花卉草木缺乏耐心和慧心的女子，我家的盆栽，十数年来，悉数被我养死；家庭主妇做了十多年，我居然不曾买过一朵半朵的花呀什么的；而我的女儿，却是这么爱花，的确叫我有点尴尬。

前年我生日，儿子逼他爸爸去给我买蛋糕，他自己则挑了一个吃奶瓶的橡胶娃娃送给我当生日礼物。今年我生日，照例"礼轻情义重"，比较特别的是女儿自己挑选的一把包装精美、颗粒呈小花形、颜色缤纷、用塑胶棒插成扇状的糖果。她拿来，爬上椅子，亲自插在我的笔筒里，对我说：

"妈妈，送给你，这是糖果花。"

她的美丽又可爱的创意令我十分快慰，我写稿累时，抬眼看看那把漂亮的亮眼糖果花，便觉十分心旷神怡。凑近去闻闻看，糖果味香香的、带点儿水果的甜美，好像女儿那犹有奶味的女儿香，永远吸引着做妈妈的我去亲吻她……

那天早晨，送走他们爷儿三个，我独自出门，好整以暇地走着，走到信义路三段师大附中校门外的红砖人行道时，觉得颇有尊严，因为除了外围停有摩托车之外，人行道很宽敞，也不曾被摩托车的喇叭声催赶。我看到前面不远处，一对母女的背影，女孩儿正像我女儿一般高度。

然后，我看到那女孩儿一点一滴长大，最后高过妈妈——那不正是我和自己的女儿，在岁月的历程中，必然的一种转变？

　　我要一直这样牵着她的柔嫩小手，陪她走过青春岁月，如果可能，还要陪她走进为人妻母的时光。她是我心中一株不凋的花树，我觉得生命因她而变得美丽、深情款款，而且充满生生不息的希望。

小小代沟

　　第一次发觉自己和儿子之间有了"代沟"，是我在为他冲泡牛奶时。

　　这只有两岁三个月大的小人儿，站在我为他端来的高椅子上，和我一道"泡"牛奶。我让他用那小胖手拿着小匙子，自麦粉罐舀出麦粉，倒入奶瓶中；再舀奶粉、倒奶粉，然后我冲水，让他用长筷子搅拌、调匀。

　　这种"母子合冲牛奶"的活动，已进行了一个多月，小家伙仍然乐此不疲。自从他第一次要求站上椅子开始，每次冲奶的后果就是：麦粉、奶粉洒满桌面、冷开水倾倒、冲调时间增加三四倍，我这做母亲的被他惹得心头火起而仍须强捺怒火……终于，那一次，在他刁顽抢奶瓶而弄倒奶水时，我提高声音，叫他的名字。

　　（当然，一定也是怒目而视吧！）

　　小家伙先是愣了一下，继而突然异常愤怒地用那我完全听不懂的成串话语和我顶撞起来，而且还一边控诉，一边将那两只小胖手左右挥动，增加声势。我本来深觉如此被这大娃娃顶撞有损母道而激怒不已，继而又被他那涨红的苹果脸和整个可爱模样惹笑，转念再想，好像又是我这做母亲的心烦气躁，太没耐性。因此，我忍住笑，柔声对他说："元元要泡牛奶，要慢慢地，对不对？"小家伙听懂了，用力点点头，并且老气横秋地"嗯"了一声，随即心甘情愿地将奶瓶、匙子等道具交还给我，自己爬下椅子。

在我喂他喝奶时，我静静地看着他的小脸蛋和仍如当初蜷缩在我腹中时向上举起的两腿，心想这两岁大的娃娃，显然已有了自己的主观意见，懂得据理力争了。刹那之间，一种淡淡的哀愁袭上心头，一方面是深感为母艰苦，在那漫长的未来，我要如何才能正确地引领我的孩子迈向健康的人生？我要如何激发他最大的潜能？如何培养他明朗乐观勇敢的心性？另一方面，我是预先心疼我挚爱的孩子，在成长过程中可能会遭遇到种种试炼。那一切人生的过程，如此璀璨而难免崎岖、如此瑰丽而必须涉险，即使亲如父母，也完全无法替他身受，是否，他也要如我们般，走过万般哀乐、成就中年心情？

而人生，就如那个晚上发生的小小代沟事件，父母用他呵护的心情，企图引导孩子如此这般避免错误；而那年轻的一代，以大无畏的精神，以探索的脚步，横冲直撞……如此代代相传，血泪交织的人生啊！事未亲历，谁能知道"早知如此"的憾恨！而你若不让孩子亲身实地去试试，他又如何认识这个世界？无论如何，孩子的人生，是我们绝对无法替他过的。

所以，我让孩子在草地上奔驰，看着他跌倒，然后鼓励他自己爬起来，再轻轻抚慰一下自己那剧痛的心灵，听它说："母亲·爱·人生。"

我的童年 VS 儿的童年

有人说，童年是一个人一生中最美好的梦。三十余年前，我曾经尽情做过那美好的童年之梦；三十多年后，我正尽力营造种种最好的条件，以便让我的一儿一女去编织这场人生最多彩多姿的童年梦。

唯一的一点遗憾是：我的童年和我儿的童年差距如此之大，以致我在协助他们编织童年仙境时，丝毫无法借此重温我的童年。

我的童年和我儿的童年的最大差异在哪里？

基本上，是养育方法和养育环境的不同。用坊间流行语来譬喻，我们那一代的小孩是放饲鸡（即类似现在很好卖的"放山鸡"），现在的儿童则是笼养鸡，依一定的时间和模式，关在笼子（鸡舍）里饲养。

方法不同乃肇因于环境不同所致。我们小时候，哪家不是五六个甚至七八个小孩的？父亲为了养这群黄口小儿，只有拼命赚钱；待在家里的母亲可也没闲着，虽然同样只做些烧饭洗衣的工作，不过，全是"粗活"，因为当时用大灶、烧煤球，更没有电锅、洗衣机、微波炉或超级市场打包好的食物代劳协助。父母忙，孩子们只好也正好一群群在车马稀少的外面世界嬉游。

当时我们住台中县乌日乡下，可玩的地方数也数不尽，田埂、田里、丝瓜棚下、橄榄树边、鱼塭、小河、哑巴伯伯的果园（反正就在我家右邻）、后院紧邻的甘薯园……除了玩躲猫猫、斗剑、跳房子、捞蚬仔、抓鱼之外，举凡现在民歌里所唱的抓泥鳅或灌蟋蟀，我们全玩过。至于玩家家酒，更是取材不尽，树叶当盘，未熟的香蕉当菜，应有尽有。我们甚至还采收过番茄，用自制钓竿钓过土虱。金龟子、毛毛虫、水蜻蜓、各种蝴蝶以及形形色色的家禽家畜，全在日常生活里相随，不像现在儿女们到动物园，每次都既好奇又快乐地去看水牛和兰屿猪，好像看外星人似的。

当时的孩子童年像粗耕，野草有野草的韧性，自生自长，很少在日常三餐之外再去劳烦父母。我们被大自然孕育、教导，也在大自然中，有了属于自己的发现、体悟、挫折和成长。我记得小学六年，母亲从未参加过学校的母姊会，但我每学期考第一名，从来没让她操心过。也许，我是在充满物质贫乏、人际动荡以及前途的不确定性之中，像小草一样，用自己理出的生命法则逐渐成长的。

我的未满九岁的儿子，至今仍很少自己用钱去买东西，他要什么，我们陪他去买；或我们觉得他需要什么，直接为他买来。我想三岁半的女儿也一样。他们共有一个房间的玩具，每隔一段时间，我都要清出一部分玩具送给别人。

他们俩很少玩伴，因为我们和大部分台北人一样住在彼此不相往来的公寓之中。为了吸引同学来家陪他玩，我必须挖空心思买点心、烧晚餐，甚至和外子带他们一道出游，然后在晚间九点左右送他的同学回家，自己累得精疲力竭。他的同学喜欢来我们家，主要就是因为我们的"待客之道"和众多的玩具。

许多朋友都说我的儿女幸福，这么小就几乎已走遍世界。但是，我认为现在的孩子都是禁不起外面风雨的"精致农业"和笼养鸡。由于社会风气太坏，每家生养又少，父母全都小心翼翼保护过头，以致他们长期处在一个"无障碍"的环境，很难想象挫折和打击的试炼；每一家的独生子女或寡生子女，必然在将来，也要面对日益困难的、属于他们这一代的人际问题。

很多父母或许也都知道这个问题，或许也非常希望将自己的童年经验传承给子女，但他们不能。环境如此，时势也如此，一两个人要怎么扭转？

我家也有反对党

　　二十多年来，我家一直是"母"党执政，由于执政党"事多闲少无人问、每有差错众家嫌；出钱出力又出糗，白痴白目白操心"，所以尽管名为执政，实质上却比公仆还不如，因为公仆有薪资、工时、假期、奖金、升等、员工福利等种种好处，我这执政党可是只出不进，没半点足以告慰辛劳的报酬不说，还得奉献所得，相当程度地牺牲时间、嗜好、各种休闲和假期，而且更必须适度调整或延宕自己的生涯规划；至于令人腐败的权利或权力，那更铁定绝对不会有，所以这职位再怎么看，都只有四字可以形容，那就是"百无是处"。也就因为这样，二十多年来，尽管我不断渴求禅让退位，可却偏偏无人上当，所以也就很不幸成为人人唾骂的"万年执政党"了。

　　有执政党，想当然耳就会有反对党。虽然现在说想当然耳，不过真正意识到有反对党，却是执政好多年之后才发现的。也就是说，在我的大意纵容之下，我家反对党——我的一子一女，不知不觉就坐大了。

说什么克绍箕裘

我是一个务实主义者，一生信奉"千里之行始于足下"，在儿女尚小时，我对胡适先生所说的那句"要怎么收获，就那么栽"更是深信不疑。不过，养儿育女有年，再看那句话，倒是有点迟疑起来。

话说儿子刚满两岁的时候，我对"专家"所提出的理论："幼儿的智力决定于零到六岁之间"不敢忽视，决定尽心调教。我花了好几天自制识字卡（坊间所售识字卡，在我心目中，反光而且不够"亲切"，这就是我决定自己来的原因），从1到10，外加三十个简易汉字；然后，我拿着斗大的字卡，使出浑身解数拼命吸引那没一秒钟可以安静的小子的注意力，又是念又是表演又是解释的，希望他好歹给我认几个字。每天的认字时间一过，那小子嬉笑顽皮依旧，做老妈的却往往疲倦到必须"躺一下"的地步。而这艰巨的工作，一直持续到他三岁半我们举家到英国去为止。当然，这样的家庭教育不可能到此为止，只是换另一个方式而已。

专家又说：不要以为幼儿听不懂故事，父母应该在孩子很小的时候就开始讲故事给他听。于是，我大约在儿子一岁多时开始讲床边故事，当然配合买来的漂亮绘本边看边说。小子对故事和绘本表现出高度的兴趣，既然如此，做母亲的焉有不全力以赴的？渐渐地，一个故事已无法满足越来越大的他，于是，从两则三则不断往上加，最高纪录曾有一晚讲三十七则的。结果呢？昏倒的是讲故事的，听故事者可还双眼有神，亢奋得很哪。

老二出生，我又老了五岁。可小孩不会因为你年纪大就客气些。这小女孩听过很多绘本故事后，有一天突然要求我："我要听我小时候的故事。"她才两三岁，什么时候又是"小时候"了？没办法，我只好以她为主角，编了几个故事；从此噩梦展开，因为她要听的故事，全部都得以她为主角！没想到我写作要编故事，晚上更得费尽心力天马行空地编故事应付这三岁大的小女娃，日以继夜、焚膏继晷，比《天方夜谭》里那夜夜都得讲故事的王妃没好到哪里，真是作了什么孽啊？

如此殷勤栽培，可这两个小家伙却彻底让我失望。儿子虽很少写白字，但从小学到高中，作文普普，从未有惊人之作。上大学的科系也跟"文笔"无关。而小女儿更是百分之两百的白字大王，创意不错，可惜错字连篇，多到招致她老师连这种话都说了："你妈是名作家，是用文字的专家，你写白字会不会丢她的脸？"真是让我对"专门害人家"的所谓专家十分不感冒。有一次，有位不知底细的国文老师居然叫女儿代表班上参加成语比赛，从学校拿回十多张"常用"成语讲义让她背。我的天啊！有些成语连我都不甚了了、从未使用过，更何况是她！我们母女俩虽不眠不休努力了一星期（要查词典、解释字义给她听），但以她的实力，就是奇迹造访也无济于事，结果当然可想而知。

为了补强，我异想天开又准备买些课外读物给她，有次看到新版的印度诗哲泰戈尔诗集，想到自己在初二时便读熟的那些珠玑，兴冲冲买了一本回去给她。过了一周，我问她感想如何？女儿想了一下，反问我一句：

"你会不会觉得字太多了？"

我一听差点昏倒！每一首几行字，居然有人嫌它字太多！

那天下还有什么书可读？

希望落空，我只得每天签联络簿时，仔细逐字校对她的小日记，常常都是在又好笑又好气的状况下检查出错字，以免第二天让老师捧腹大笑。

为反对而反对

儿子是标准粗线条的大男生，在他成长过程里，一直是浑浑噩噩的傻小子，也许他很少将注意力放在我的耳提面命上，也或许是因他开窍晚，所以印象里直到他高中时，我都甚少遭到反对的经验。女儿就不同了，她自小反骨特重，天生毒舌派；而且又特别爱生气，尤其是起床气。她很小的时候，屡劝不听，我不得不搬出那套因果论："爱生气的人会变丑，因为嘴角往下扯，久了就形成很难看的气脸。好脾气又好心肠的人，因为心的影响，脸上自然会越来越漂亮。"

她低着头想了很久。我正庆幸自己开导有方、小家伙可以讲道理时，她突然抬起头来，用一种探究的眼光看着我说："妈妈，你心肠这么好、脾气又这么温柔，为什么长成这个样子呢？"

除了当场傻眼兼气结，你说我能有什么话说？

女儿对万事都有主见，也很有创意，相对的便有些难缠。她才两三岁时，买衣服全得听她的；儿子却直到上大学前，所有便服都是我买什么他穿什么；虽然他现在回头看小时自己的照片时难免抱怨："妈，哪有蓝上衣配黑短裤的？你都乱给我穿！"但小时他在这点上可从无意见。儿子吃饭毫无品位可言，只要有肉，路边摊也吃得津津有味。女儿可不同了，喜欢干净、有气氛的地方，那价格当然也相对性地高了许多。儿子直来直往，女儿却想象力丰富。五岁的时候她问我："为什么蜜蜂永远做警察？"我脑筋急转弯了一下，才明白她的意思。原来，她是问为什么蜜蜂在官兵捉强盗的游戏里，永远都是扮演官兵的角色，在后面追着人要蜇呢？也差不多是这个年龄，有一回我们全家出去散步，两头狗当街交配，只见女儿两手一拍，大声喝彩："哇塞！好强哦！叠罗汉！"除了瞠目结舌，我真是一时想不出该怎么随机教育她才是。

儿子虽然称不上牙尖嘴利，但在小五小六时，一直把我当成体能上的假想敌，也颇令我为难。那时他没有我高，只要全家在空旷地方散步，他便要求和我赛跑。老实说，一个案牍劳形又欠运动的四十多岁妇人，连散步休闲，都得铆足力，和那旭日东升的小子一百公尺两百公尺地赛跑，真是情何以堪！赛跑也就罢了，更惨的是跳马。我在北一女六年，从来跳马都没跳过。儿子五年级时学校要考跳马，他父亲示范兼教导，很快把他教会。这小子便硬要我"共襄盛举"，我死推活推没得推，只得硬着头皮上阵——人是上了马背，但却卡在那里，跳不下来；而且因为冲力关系，上半身竟然向后栽，完全"挂"在那里。全家哄堂大笑，全然不管我死活，最后是他老爸笑够了才将我捞了下来。总而言之，人家是伴读，而那几年我却成了儿子的伴"运动"者，真真是噩梦连连。还好他不久长高，再也不好意思和我这短过他的老妈"单挑"了。

这脾性完全不同的兄妹两人，在小时有一度几乎是水火不相容的地步。哥哥嫌恶妹妹的程度，可以由一件事看出。当时，妹妹含着奶嘴看电视，哥哥露出极度不以为然的表情，问我："妈妈,将来哪一个男人会娶她呢?"

还好几年以后情势逆转,两个青少年,这几年有了共同的兴趣:听同样的CD、看相同的日剧、韩剧,迷飞人乔丹、侠客欧尼尔、金城武、木村拓哉、堂本刚、广末凉子、元彬……兴趣相同、立场一样、口径更是一致。

有一次和他们一起看日剧《美丽人生》,木村为死去的常盘贵子化妆那一段,我觉得煽情得要命,不由自主就发表高见;正在猛擦眼泪的女儿和黯然神伤的儿子一听,异口同声地围剿老妈:"妈!你懂不懂啊?这叫凄美!"我批评韩国电影《我的野蛮女友》不合情理,那么坏脾气、粗暴无文的女孩,而且动不动就喝醉酒、置自己于极度危险的情境,这种女孩,怎会有男人对她死心塌地?两个青少年即刻反击:"妈,你太老了,不晓得年轻人的想法。"

他们耳闻猫王的大名,却没听过他的歌声,我抱着有福同享的心情,兴冲冲买了一片猫王精选集,一边邀他们共享,一边阐扬猫王的丰功伟绩;他俩以超凡的耐心勉强听了三首,然后不约而同露出大失所望的表情,说道:"没什么特别嘛,还不如麦可·杰克森。"真是人各有志,跨不过三十年的鸿沟。

他们买了很多歌星专辑,有的像杀鸡,有的如念经,每次在家或在车中放时,我们二老用力忍耐,在被轰炸两三小时之后,不得不小心翼翼地请问这两个冤亲债主:"可不可以换一下我们的CD?"两小想了一下,很无辜地反问我们:"你们有什么可以听的?"

父母和儿女相持不下时,让步的总是父母,不只这种小事,越到后面越是惊天动地;而随着岁月流逝,离开的总是子女、守候的永远是二老。生命从来注定就是这样，自学步开始，不管有没有方向，不管是否涉险，儿女每天都在用某一种形式向我们告别，而新枝看向未来，更不可能知道自己从那里折断分枝的母树的痛楚……人生的历程向来如此，忽然之间，就这样老了，一直在跟前唱反调的孩子就大了！母子情缘似深实浅，所以说"一世父母、两世兄弟"。虽然还不到举杯邀月、对影成三的时候，可当孩子们为了这个那个原因短暂离家时，我总不知不觉会到他们房里呆坐一会儿……

一个人

在漫长的三百六十五天里，一个人总该有几个可圈可点的日子，分别代表某种意义，提醒在忙碌或浑噩中的自己一些值得回想、庆祝或思考的事情。而生日，正是一个让你想起自己、百感交集的一天。

孩子过生日真正快乐，除了那天可赢得爸妈最大的注意之外，又可借机实现自己的小小梦想，得到很多想望许久的礼物。年轻人过生日，欢欣多而思考少，恨不得全世界都知道这是他的日子——耀眼的青春！无限的前程！老年人过生日，儿孙满堂、福寿双全，说不尽的吉祥福气。唯有中年过生日，最是尴尬寂寞，青春已逝，奔波碌碌，多少辛酸苦恼；责任未了，一切有待努力，却又时日不多，满怀焦急……生日，不过也罢。

十九岁以后，年年都等着过生日，忙着接受人家为我庆祝。我有许多小时一起长大的挚友，长大后交游又广，朋友更多，每一年生日都过得热热闹闹、喧喧嚷嚷。看着我那样煞有介事的张罗，母亲只在一旁笑着，既未给我什么，也未祝我怎么，有时候我不禁想，母亲到底关不关心自己的孩子在成长？她知道我每年都不一样吗？她知道我在吹熄蜡烛时许下什么心愿？唉！想起来，当时那些小小的愿望，真是美丽、哀愁但却十足的"理想牌"啊。

今年生日，一早起来看到丈夫那浑然未觉的样子，心里不由闷闷寡欢。想到亲朋好友都远在两百公里之外，人人忙着自己的事，而我，在经历了一年大起伏之后，实在也没有情绪嚷嚷自己的生日了。更何况，在目前这种一切为创业的前提下，任何温暖的、非关正事的"闲事"，几乎都成了奢侈和浪费了。基于此，我根本不指望这个日子能有任何不同或特殊了。

上午在办公室里，意外地接到母亲的长途电话，像往日一样，她单独在家；像往日一样，她拿着那以秒数计费的长途电话，娓娓跟我漫道家常。最后，她忽然淡淡地问我："今天你生日，记不记得？"又说："虽然很忙，也应该烧点蹄髈，弄点甜面线意思意思，让今后苦尽甘来。"

那一霎，我突然热泪盈眶，一年来的辛苦艰难，一下子涌上心头；那独自撑持的、难以言宣的委屈，好像一下子被牵引出，被认同、被了解……世界上，最少还有一个人，知道这个属于你的日子。

稍后，一张快递而来的生日卡，又让我无限脆弱。那是我那还在念五专三的幼妹写来的"To Sister with love"，她说："我最亲爱的大姐，无论你在天涯海角，我永远为你祈祷。"信里还夹着她那双我牵着长大的小胖手钩织的小花瓣……那是一个小小的人对你表示的最大爱心，我凝视着那张生日卡上的蛋糕，仿佛看到她那酡红的脸蛋，严肃地在诉说着她的关切和手足之情。

那天晌午，我终于忍不住告诉丈夫，我要烧个蹄髈、卤点鸡蛋。丈夫的表情既歉然又讶然，晚上他切了几样小菜，又请了一对好友夫妇，算是为我庆生。然后，一个属于中年妇人的生日，就这样忙碌而淡然地过去了。

这就是生日吗？就像春节一样，一年淡似一年，欢欣少而感慨多。其实，对于任何整天在为生活奔走的人而言，最好的生日礼物，毋宁是让他彻底地休息一天。到一个陌生的地方，去过平日绝对无法供应得起你的、奢华的一天。首先，你可以睡上一个奢侈的十小时大觉，不必在闹钟的闹铃下，痛苦地挣扎着睁开那实在很难睁开的眼睛；你可以在海涛中自然地张开睡足的双眼，正好仰望着窗外的一角蓝天，满足地叹一口气、踢开被子，慢条斯理地梳洗一下；然后买一大串你喜欢吃的东西，放肆地在没有人认得你的陌生的乡间小路上招摇而过，边走边吃。而后，或者躺在海滨巨岩上，或者躺在收割过的、被太阳晒得干楞楞的稻草梗上，让思绪像飞絮一样，到处飞扬。不必去接那繁琐烦人的电话，不必顾忌人际关系，不必满脑子收支平衡的控制，不必为了业绩去闯荡……这才叫生活！才叫生日！

生日，应该是可以善待自己的一天。是可以不顾一切、逃开的一天。让自己有充分的时间，审视那一颗疲乏的心，问一问它想要什么？让自己装着千万种计划的脑子，放一天莫名其妙的假……

然后，怀着这被大自然慰藉过的身心，重新面对生活的一切，重新再跳进去。或许，那奢侈的一天，能为未来的三百多个日子，带来一股再生的力量也未可知。

朋友，在那一个特殊的日子，您要记得停下脚步，为您自己加油、为您自己打气，好走更长的路！

辑四 了解爱更会爱

爱或不爱，全凭个人自由。爱一个人、被一个人所爱，全是造化，是可遇而不可求的。无缘之人，大家擦肩而过，何妨用温暖的心，彼此探照一下。挥手自兹而去，彼此记住对方翩然的身影，虽不曾有爱，却多少含情，留点怀念，有何不好？

尊重示爱

  青春年少，谁都曾经经历一段追逐的日子。爱人的、被爱的；藏在心里的、说出口的、付诸行动的；有结果的、被封杀的、交不上线的……种种件件，因为情真意切，较少现实的考虑，所以显得特别美丽；而且青春年少，自然耀眼纯粹。不过，正由于真实，所以难免受伤；因为年少，容易鲁莽。

  年轻的时候，每一个人的未来都不是梦，在憧憬和期待中，每一个梦想都沾有罗曼蒂克的想象，因为，周遭晃动的，除了学业之外，一切成长的疑惑、喜悦、试炼、青涩，全都须要知交好友一起分享，这知交好友如果是异性，则彼此更能借纤细的吸引细胞互相交流与支持。所以，青春年少，爱情是最美妙的生命主调。

  尽管如此，但在整个寻觅与追撞过程之中，由于年轻人甚至还没有完全充分地了解自己，当然更不可能明白确定自己到底需要怎么样的异性朋友或到底什么样的异性适合自己了。一切只凭直觉，或仅仅只凭对方一个眼神、一个笑容或某种表情，就"看对眼"了。在缺乏相当的认知基础之下，很多人的示爱经常碰到挫折，因为对方缺乏这种"也许可以"谈谈恋爱的共识，又没有顾全彼此的经验与体验，所以示爱者，很轻易便遭受非比寻常的伤害。这种伤害，在当初也许看似浅淡，但时日久了之后，被伤害的人会由自卑转化成种种更深巨的痛楚；伤害人的人，则在成熟之后，会为自己当初的作为深自遗憾，长久不安。万一彼此有缘，在不同的场合相逢，年齿增长，自我充实的努力程度不一，迷人可爱之处自然有别，当年示爱被拒的人，如今可能是翩翩君子或妩媚佳人，再也非当年吴下阿蒙了。

这时，当年拒绝对方的人，要用什么样的姿态，才能续缘无碍，相处洽欢？特别是双方必须经常相处时？

这是在世界越来越小的当下，有缘无分的人，必须预先考虑的一个问题。

示爱是最好的赞美

无论男女，都有奇怪而无可理喻的虚荣心，被人眷爱，无疑是最能满足当事人虚荣的一项，即使示爱者是自己看不上眼的人。

然而，不管示爱者的内外在条件，如妍丑、高矮、胖瘦、穷富、学问等等，示爱只要出于真诚，止于礼仪，都应该被尊重。因为，示爱本就是最好的赞美。中国人向有"伸手不打笑面人"的规范，对于真心给予自己赞美的人，实在是不应用严酷的反应回报的，这是最起码的做人之道。

我们如果不去分析其他，只看那种示爱过程，一切真是挺美挺悲壮的。

当一颗爱的种子，飘在空中，寻找落地生根的土壤时，它是如何将自己暴露在各种危险之中，相觅那呼应它的另一颗心灵。

这的确是既悲壮又美丽的一举。

为什么有些人不曾看到示爱者的真诚与勇敢，反而去探问那种子的来历与长相？为什么有些人不懂得尊重，只嫌它唐突？

既然爱情是美丽的，示爱便是最好的赞美——赞美被追求者的一切美好而吸引示爱者的素质。

示爱者与被赞美者之间，有时可以依双方的意愿，维持一种非常兴奋、充满诗情而又互相欣赏一段长时期的眼光追逐行动。这段暧昧不明的期间，双方可以借之作为观察的阶段，等时机成熟再决定第二步行动，或有更具体的示意追求，或者则将之淡化而转成寻常友谊。

因之，示爱不等于"从此定了"那般严重，应该尊重珍惜，却未必须要勉强自己接受。

曾经看过一个模式，两位大学里的年轻孩子，用他们的真诚、淳朴与善良，给了示爱最好的诠释。

男女生都是大一的新鲜人。起先，谁也没特别注意对方，因为男生服饰考究、作风洋派，女孩子则是素服淡妆，安分守己的一个人。

某日，男孩子代表高中两校校友会的干事，向女孩子洽谈某事。当时，春日初临，窗外的杜鹃花开得如火如荼。女孩伏案写字，男孩子趋前到她案前，陌生地唤了她的名字。

女孩抬头，突然看到一个连在校园碰到都不曾打招呼的系上男同学，俯首看着自己，也许是出其不意，也许是惊慌，女孩子在男孩的注视下，突然满脸通红。

在那一闪而逝的脸红娇羞之中，男孩突然发现女孩虽不顶美，但非常甜腻可爱，尤其是微笑时两颊那梨窝两点，更是引人。

两人在尴尬中接洽完事情，可是，那次以后，男孩子却再也无法像从前一般，无视她的存在了。

每天，下课的几分钟里，只要可能，男孩便从自己坐的前座侧转身，目不转睛地盯着女孩看。如此足足盯了一个学期。

被盯的女孩，从来不认为自己有一天会和那男孩有什么更进一步的了不得的关系，因为，他不是她欣赏的类型；她也相信，自己不应是他喜欢的典型，有一天他一定会明白的。

然而，她珍惜那种类似"我喜欢你"的无声告白。那是赞美，也是鼓舞，更是一种生活的酵素，使她每天去上学，平白多了一项欢欣与雀跃。就算是虚荣吧，但它的确令人快乐，令人觉得生活有劲。

因此，为了回报那种盯视，她努力使自己更加清新可爱。

一学期中，他们除了互相用眼光追逐之外，只有一次，唯一的一次，一起跳了半个晚上的舞。那一年过去，男孩转了系，从此不再相遇。

那之后，套句歌词，是各自曲折去了。

可是，那半年，对他们两人而言，却是永远难忘、非常美好的半年。

莫踩他人心尖

示爱者与被仰慕者之间，严格说起来，是无所谓高下之分的。

所以，被仰慕者，即使无法接受示意，亦不应有鄙夷或辱折等恶形恶状的言行出现，以为自己"理当"高高在上，施舍与否，悉听尊便。这不仅是种失态，也是一种失德，不是一个配得赞美的人。

曾经有位外貌娟好的女孩子，在校园中备受多位男同学追逐，无形中养成眼高于顶的习气，根本不把追求的人看在眼里。

追求者当中，有位冲劲十足，写信没有回音，他干脆在女孩上学途中等候，亲手递交第N封信。

想不到女孩子不但不接信，还鄙夷地对他说了句令之终身不忘的话：

"你为什么不照照镜子？"

那句话，不仅伤到男孩子的颜面，也伤了他的心。同时，他在刹那间忽然彻悟了一件事：那女孩子不美！有那样一颗粗糙心灵的女子，不值得他付出真情。

两人同学四年，终成陌路。

那男孩子的一腔热情，先是转成恨意，最后又化成鄙视——原来那女孩的心是那样丑陋。她怎称得上美丽？美丽的人，是不会踩在他人的心尖上欢唱的。

爱或不爱，全凭个人自由。爱一个人、被一个人所爱，全是造化，是可遇而不可求的。无缘之人，大家擦肩而过，何妨用温暖的心，彼此探照一下。挥手自兹而去，彼此记住对方翩然的身影，虽不曾有爱，却多少含情，留点怀念，有何不好？

储备爱的能力

　　像吃饭、喝水、睡觉等本能一样，有些人认为爱悦喜欢，也是一种不学自会的基本能力，毋须多费精神学习，当我们碰到一个喜欢对眼的人，自然就能发挥爱的能力，完成爱的行为。

　　事实不然。

　　爱悦喜欢，彼此吸引，也许出于本然，但人类的情感，如果只是停在这个阶段，根本只如其他动物，称不上有情意有感觉。

　　情感唯有植根深入，加入彼此的个性、相处的适应、时间的累积，以及共同经历与面对各种悲欢离合之后所培植出来的恩义，各式因素交叉相叠，重复组合，如此才能培育出真的感情。

　　在这种种过程里，有些人的感情会触礁、有些人会失望、有些人会受挫沮丧、有些人会放弃、有些人会成熟成长，不一而足。总之，走得下去的人，继续走着；走不下去的人，或改道、或放弃、或一头栽了下去。也因此，有人因情为爱，遍体鳞伤；有些人万劫不复、身毁人亡；而有些人，轻伤浅痛，不久复原他行，把往后的人生走得更璀璨。足见，事情一样，未来的道路，却常因当事人处理的不同而有天壤之别。

爱，实在是一种自小就须学习的人生事务。爱的能力，基本上是必须长期储备而后方能沛然敷用、不虞捉襟见肘的。

一般人谈到爱，很自然想到男女之爱。然而，男女之爱，终我们一生，最多只有一次乃至多次的机会而已。有些人因缘际会不够，甚至没有轰轰烈烈谈一次恋爱的机缘；一般人，除非个性或机遇特殊，否则谈恋爱的次数，应该也和他（或她）的婚龄有关，不可能长期蝉联，无限发生的，反倒是我们和父母、兄弟、亲人，以及同学、朋友、同事之间的相处，概率与时间都大过单纯的男女关系。而虽未有明确的资料显示，不过，能够成功无碍发展圆融的人际关系的人，无疑也较能在男女关系上有较成功的胜算面。

换一个角度来说，心理健康、个性开朗的人，平时能愉快与人相处，一旦出入情感深渊，遇有波折，大多也较能全身而退，既不伤人，也能全己，不会伤害自己，也较少带给别人负担，是所谓危险性较低的、成熟而令人愉快信赖的人。

这样的人，至少表示他在处理人生其他事务时，也能和处理感情事务一样，真诚投入，和平退出，放眼更广大的天空。如此，则留得青山在，不怕没柴烧，用勉励的心情，再给自己一次东山再起的机会；以宽谅的胸怀，留给他人喘息的空间。物我不欺，人生何处不可行。

如此成熟的个性，有些固是得天独厚，本然个性及愉快的成长经验所交叉形成，然而，个人努力，也能协助自己有效储备爱的能力。

所谓爱的能力，最重要应该是自爱的愿心和努力。自己，才是如太阳一样的发光体，唯有充分爱自己的人，才有余裕去爱自己以外的人，把自己爱的光辉投射到他人身上。

因为爱自己，才想到要使自己样样得体，包括健康的身体、明朗的精神、愉悦的心情、积极向上的人生观。一个人能有这些自爱的愿心，才会在自己的岗位上，全力因应角色需要，做最完美的演出。所以，学生会认清志向、全力以赴；身为儿女，则本分敬谨、体贴长上；上班族，则尽心工作、努力攀升，无非是期望明日的自己，比现今的自己更完美、更健康、更快乐。

而一日比一日更好的个人，往往也能使爱我们和我们爱的人更加快乐与满意。所以爱人者，始于自爱；而自爱又能圆融满足我们所有的爱心。这种关系是一种良性循环的正面关系，是使个人更好、使周遭环境更趋良善的力量。

自爱的人，不会自残。不管任何挫折，绝不会以伤害自己来做逃避。既不伤自己，更没有理由伤害别人，因为，一个懂得尊重生命的人，自然也懂得生命的真谛。生命，常因历练、挫折、挑战和种种因缘际会而更加强韧光辉，更加丰富美丽。所以，挫折或失败，乃磨炼必须的手段，宜以正面眼光视之，如此才能跨过眼前，继续迈进。另外，没有一个人，有权伤害或结束任何生命，一个生命是否有权生存，只有造物知道，凡人是不能操任何人的生死大权的，连自己的生命也不例外。这是一种自然法则。违反自然法则的人类之爱，事实上已经不算是爱了。所以，我们怎能相信，用汽油去焚烧一个据说是自己曾全心爱过的人，这种行为，能称之为爱吗？

爱的邻居，只可能是漠然或失望，但绝不可能是恨恶或歹毒的杀意。真正的爱，是具备充沛的爱心，用彼此都欣然同意的方式相对待、共相处，一起成长；而且积极努力，使自己具备可爱的气质，成为可爱的人，用以维系彼此共有的感情。一旦爱情远去或变质，努力无效，何妨用豁达的心情，祝福那一颗出走的心，让这离别一幕，成为一长条未完待续的美丽符号，在往后回首，双方都能毫不迟疑地盼顾。如此，既知不可挽回，露出漂亮一招，岂不甚为得体？

爱，出于本然，长在彼此的努力坚持之下。没有一种爱，是不必努力、毋须灌溉的。

恋爱毋须抢滩

　　不曾爱过，是种遗憾；而勉强谈一场不合时宜、不切身份或不够势均力敌的恋爱，却是一场浩劫。

　　爱情的萌生，其实是需要许多因缘凑合的。天时、地利、人和，总要有个浪头，将你送上岸去；时间不对、力道不够、方向错误，纵然攀到岸边，也得摔个头破血流，恋爱的甜蜜未曾尝够，苦涩的创伤却铭心刻骨，白担了一个谈恋爱的衔名。即令如此，却还无法像泰戈尔一样，理直气壮地高呼："世界啊，我已爱过了。"

　　爱情，是双方心智、性情、人格、热劲、时间与意志的种种角力。不是势均力敌，很难有一场漂亮的厮缠。一面倒的感情，是种失血的感情经历，根本谈不上爱情；对象不对的爱情，着着扑空，抢错别人的滩头，还得谨防明枪暗箭。所以，单恋或爱意相差悬殊的感情，吃力而不讨好，在现代化快速的聚合之中，拉力远大过吸力，很快就无法立足。和有偶者谈恋爱，即使最后成功，但正如破坏之后再重建的革命工作，代价巨大。严格说来，算不得赢家，何况往后还得终身背负许多"前人"的阴影。

人生物事，犹如剥洋葱一样，剥着剥着，剥到某一层，一定会叫人流泪的。所以，从积极看，凡事都有自己的历程，我们可以预期它的发生而做努力和储备，却无法揠苗助长或越俎制造。从消极看，人生种种历程如生老病死爱嗔，皆有其宿业和本然，是躲也躲不掉的。属于我们的爱情，会感应到我们的心志情波，在适当的时地出现。当其时，情潮没顶，情泪情债，一一都得摊还。反之，如果爱情无意相寻，强行抢滩，只有造成额外伤损罢了。

　　在一切都要快的今天，恋爱，还是毋须抢滩的。

在一起不见得就是爱

　　菱真是家中长女，下有一弟一妹。做水泥工的父亲，长期因建筑业不景气，工作总是有一搭没一搭；母亲为了贴补家用，有很长一阵子也在西点面包店打工，直到两年前那家店被附近一家新型牛角面包专卖店拼倒，这才失业回家；过了两个月，才又在小吃店找到打工机会。

　　即使两个大人在工作，但正经说起来只能算是打工性质，每个月扣掉房租（还是三重的租金，台北市他家根本住不起）、水电瓦斯伙食费等必要开销之后，要支付三个孩子的学费，应该颇有困难。所以中学毕业之后，不想再用父母的辛苦钱，但也不甘心就此不再继续升学，所以菱真最后终于选择一家建教合作的高职美发科就读。

艰苦的学艺生涯

　　所谓建教合作的美发科，真正读起来可真不容易。学校校址在三重，而建教合作的那家连锁美发公司虽然旗下有十家分店，但大部分都分布在台北市的东区和南区高级地段，菱真工作的店正在东南区，从学校到店里或从店里到学校，要走一小段路、再换两次公车，耗时整整一小时——那等于斜跨台北和三重的对角线。

店家为了方便洗头工读生每早八点前到店，所以有宿舍供住，离公司只有十分钟车程。建教合作的工读生都是夜间部，所以她们几个同年级的，每逢上课日，必须四点半下班离店搭车，才赶得及上课时间。下课后再搭车回宿舍，往往已是深夜十一点。像这样，最早十二点才可以上床，第二天七点起床，才能赶在七点四十分开店，不说睡眠时间少，连自己能够支配的时间也几乎等于零。长年累积下来，对一个正处在十六七岁年龄上、好奇而又多多少少难免有些贪玩的少女来说，实在是十分艰苦的。上课上学、上学上课，日子几近黑白。

而且洗头这种工作，看似轻松，其实十分辛苦。除了洗头，还要学会按摩和指压，这是有规模的大店起码的服务。而洗头的双手可谓受尽折腾：洗发精、润发乳、染发剂、烫发液……夜以继日地浸泡在这些药水中，皮破肉绽、血水直流是常有的事。

报酬呢？因为店里代付颇为昂贵的私立高职学杂费，所以洗一个头只能给洗头妹妹二十元。工作时间从早上七点四十分到晚上八时半左右，算是很长的工时（如果有课，则一般要到十一点才能回到宿舍，往往比整天上班还累）。而且，迟到请假都要扣钱。即使很努力地做，但洗头必须轮流排班，五位妹妹从一号到五号轮着洗，不是自己勤快想洗就有客人洗，所以一个月下来的工资，都在四五千元上下，绝对多不过五千。

老实说，这是一份非常辛苦的工作；每个月薪水，必须支付一日两餐费用（公司供应中餐）和上下课交通费，稍一不慎，不到月底就成月光族。所以可以说，这份工作不仅工作辛苦，赚钱不多，甚至是必须靠毅力和忍耐才做得下去的工作。所有建教合作的学生，都和店家签有合约，中途不做毁约，必须赔偿店家为他们支付的学杂费。菱真来这家店第二年，便看到三位同期或后期的学生中途毁约，做不下去。她呢？她自己其实也常在午夜梦回时、下班时、奔波于店与学校途中时、受到委屈的时候、非常疲累与沮丧的时候，好几次都觉得自己做不下去了，想放弃算了！干脆随便打个按时计薪的工作，不念美发，改念别的好了事！可每次转念一想：这总算一技之长，而且还供住宿和中餐，总的来说，待遇够她独立……无论如何，家，她是回不去了！就像过河卒子，她现在只能拼命往前了！

抓住一根浮木

在学艺生涯的第二年，也许是好奇，也许只是寂寞，或者是日子过得太辛苦，需要一个出口或寄托，菱真也和同学一样，向往网路交友。经过几次试探与失败，终于在学期快结束时认识了一位已经二十七岁的男性小吕，两人在网络上谈得很开心，决定交往。可是进一步得知菱真只有十七岁时，男方退却了！

"我理想的交往对象是相差大约四五岁。如果你二十岁，我还勉强可以考虑。但是，只有十七岁，我如果跟你交往，会被认为是老牛啃嫩草，诱拐未成年少女——绝对不行！"

"年龄不是问题，不然我们为什么谈得来？"

"我还是不想被人家说闲话。"

"谁会管我们？！"

"那是一种感觉。"

小吕一再推却，"十七岁"，大概吓坏他了。

可菱真因为他没有因她十七岁而想趁人年幼占便宜，反而更喜欢他。后来经过菱真一再争取，两人决定先见一面看看感觉如何再说。

见面以后，小吕还是不答应交往。菱真对他说：

"我虽然只有十七岁，但我自己的事可以自己做主，我父母从小就不太管我们，我连高中要读哪里、要做什么，都是自己决定；这两年，我一星期回家一次，也只是回家看看，我真的已经完全独立了！"

也许是这番独立宣言打动了小吕，也或者是另外有原因，总之，这下他倒是答应要交往了。

开始交往之后，菱真才慢慢对她交往的对象有点了解，小吕工作和住家都在离菱真洗头的店脚程大约半小时远的老社区里，小吕是加油站的服务员（菱真本来一直以为加油员都是工读生，现在才发现并非如此），二十七岁的他，薪水普通，将来要有怎样的大突破，大概也不大可能了。不过，这并不曾造成菱真什么困扰，她自小生在贫困的家庭，对金钱的观念也很传统安分，反正只要有工作、够用就好。

倒是交往几次以后，小吕带她到他家，见到他的家人、知道他家的情况，菱真大大吃了一惊！小吕母亲和他唯一的弟弟，两人都有轻微智障。家中几乎等于是小吕一人在支撑，房租、家用，一切的一切，就靠小吕那份薪水。

老实说，菱真真的蛮震惊的，进入他们家，气氛感觉怪怪的，说不出来为什么，就缺少她家那种健康明朗的气氛。

这种事不光彩，着实苦恼菱真。她也不能随便告诉任何阿猫阿狗，后来实在憋得难受，这才偷偷告诉店里和她同期进来的佳佳。后者一听大吃一惊，马上举出各种不可交往的理由，例如：智能这种事，很可能会遗传，这样菱真生下来的小孩，万一也智能不足怎么办？还有，家中四口人全靠小吕一个人生活，菱真如果嫁过去，只怕要担一辈子责任……毕竟只有十七岁，老实说，想的到底有限，忧虑的时间也不会长。所以小吕再打电话来，寂寞的菱真也就丝毫没有犹豫地出去了，把这个那个顾虑全都一股脑儿抛在脑后。

本来对交往有点迟疑的小吕，一旦决定交往，倒像赶进度似的，把二人进展急速推进。第二个星期休假日，两人在外晃荡一下，小吕就将菱真带回家，而且带到床上去。

菱真虽主动要和小吕交往，可也没想到要这么快就上床。当小吕忙着脱她衣裙时，菱真微弱地抗议一下，她虽想与小吕交往，可也不想这么快就到本垒；但她是个温顺的女孩，不习惯拒绝人家，何况还是拒绝"男友"。因此，她就在不是很情愿的情况下让事情发生了。

那以后，他们每次的约会就变得很家常，意思是小吕往往不再费心安排去这儿或那儿，而是要求菱真下班后直接到他家去。租来的房子那么小，菱真也不习惯和他家人混在一起，小吕直接带她进房，直接上床，有好几次他连保险套也不准备，菱真因正值危险期，希望买保险套再做；但小吕根本不管，只顾满足自己。结果，菱真为了这样，堕胎两次。后来她就改吃避孕药。

除此之外，小吕常常不让菱真回宿舍；早上又常拖着她，害她迟到扣薪。而菱真不够钱用，他却不管。友人劝菱真别和他在一起，菱真却显然跟定他、不听人劝。这可怎么办？

廖 老 师 有 话 说

菱真是个安分温顺的人，太早出来打拼，辛酸委屈、寂寞无助，难免对爱情和男友有憧憬，遇到小吕，以为就要跟定他，即使有不满、有疑虑、有问题，她也选择不去想它。

这是非常错误的态度。

很显然小吕是个不太积极求上进的人，得过且过。姑且不管他的家庭如何，单就他对她的态度，很难说有什么了不起的爱意：他不在乎她因他的自私而必须在短时间内承受堕胎的风险和疼痛；他也不尊重她的工作，不理会她会被扣钱、被老板责骂和不信任；他更不关心她被扣薪后，是否有足够的生活费……他是个自私的人，也不够爱她。和他在一起，可以预见未来会很辛苦。

菱真应该学会爱自己，学会向小吕要求尊重和体贴。如果这样做了而得不到回应，菱真就应该另找更适合她、更懂得珍惜她的人。

虽说有些人强调爱情就是勇于付出，但对方是否也有相对应的爱意和珍惜，却是衡量这份爱的指标之一。一开始就迁就，这是不对的。

暂时停车

　　贞晴大一刚入学，便在系办迎新会上被高两届的学长明杰盯上，两人很快成为男女朋友，明杰很体贴，接接送送，风雨无阻；偶然有点小摩擦、吵吵嘴，很快又雨过天晴，在校园翻脸像翻书的好好坏坏交往中，他们这一对算是稳定的。

　　这样稳定的关系中，两个几乎都认定彼此会这样走下去，一直到明杰毕业后应召入伍，远调外岛，两个月才能回台一次时，两人关系才第一次发生松动。

习惯两个人

　　老实说，两年来明杰每天接送，贞晴要去哪里几乎都没自己行动过；平时在学校，绝对是"双胞胎二人组"；即使不在一起，总也热线不断，感觉上两年来从未落单，要做什么、要去哪里、要买什么，总有人在身旁帮赞。一旦明杰去服役，从贞晴的生活中全面抽离，老实讲，不是只有不习惯三字，而是好像少了一双代步的脚，一个思考、做决策的脑袋，以及一对呵护的大手，一颗关怀的心，贞晴顿时如失魂落魄般，连日常生活都变得不知所措；也许是两年来二人行惯了，除了明杰，好像连一般的同学朋友都少来往，你不理人，人不理你，这也是很当然的。

贞晴不像有些人能够轻松自在地独处，听听CD、上上网、MSN聊聊天、看看影片日剧韩剧、睡美容觉、上健身课、读点书……要么开始找同性朋友聚聚、培养感情，都不失为迈向"新生活"的好开始。不过，依赖成性的贞晴，一点也不想认真认命地守住她和明杰那一段堪称不错的过往。

其实，随着明杰的服役，她的心已然浮动，兵变早已蓄势待发，只是在等待一个诱因或出口而已。

说起来贞晴并不像自己想象得那么孤单和寂寞，从大一新生开始，班上就有一位默默用眼光和心思守护她的男同学志炫。刚开始，个性内敛而谨慎的志炫，还在观望、根本来不及采取行动之前，明杰已经捷足先登，很快就与贞晴成为一对。顿失先机的志炫，虽然有些失落，但很快便自我痊愈，用祝福的心，看着贞晴快乐享受她的爱情。

或许因为还没采取行动，所以彼此都能安然保持平和的心，像没事人一样做同学吧。

其实，刚开始时，贞晴或许曾经感受到志炫炙热却游移的眼光，只不过明杰的攻势太强烈，所以才让她忽略志炫的心意吧。

大三开学，志炫并没有乘虚而入的野心，在他以为，爱情的转移，不应该那么迅速，至少得禁得起一点时空的考验吧——不，其实他完全没动过脑筋到贞晴和明杰的关系上，他压根儿也没想到贞晴和明杰的关系会有变化。两年来，他早已不将贞晴放在他的生活蓝图上，那是他对爱情的评价——贞晴应该等待明杰退役吧？那不是很理所当然吗？

星期四，他和贞晴同修一门课，下课已六点。志炫如常慢条斯理地收拾着东西，忽听有人对他说：

"你可不可以载我到士林站？"

他抬起头来，看到贞晴站在他面前，用一种爱娇而带一丝丝蛮横的神情看着他。

"士林？"

"现在不好搭车，人很挤……"

"呃——"志炫一时还是没能转过念头，只是错愕地继续盯着贞晴看。

"算了，你不方便就说嘛，我可以自己走！"

"呃——等一下！侬要去哪里？"志炫总算及时补了对的一句话。

贞晴扭过半个身体，矫情地说：

"你如果顺路，就载我一程，到士林我再搭捷运回永和。"

"那……会不会太远？"

"没办法啊，我就住那么远！"

"我、我是说，我可以载你回永和。"

"那会不会太远？你住哪里？"

"我、我没关系，反正骑机车很快。"

志炫住在新店。从阳明山到士林，再到永和，再转新店，等于骑过台北市县的对角线，真的很远。

利用好感钓鱼上钩

志炫毋须她多求一句便答应载她回家，让贞晴对自己的魅力和志炫对她的好感具有完全的信心。从那次以后，贞晴扮演主导者，志炫努力地配合，新的二人组很快成双成对，志炫取代了明杰的位置。

当然，两人要好之后，志炫也吞吞吐吐问过贞晴和明杰的关系。

"你现在和学长的……关系，呃，我是说，你和他……"

贞晴显得非常不耐烦，甚至还有点不快：

"你以为我会一边和他好、一边和你好吗？"

"可是，你们并没有怎样……我是说，并没有吵架或怎样……"

"隔这么远，你以为我们还能怎样？没办法嘛，当兵兵变，根本就是很平常的事。"

贞晴讲这席话的不在乎与冷酷，令志炫惊心！如果两年后他也去当兵，是否也得尝受明杰如今尝到的滋味？她和明杰两年的感情，竟然说断就断！还真令人——呃，不由得不害怕……会不会太狠了一点？

这种感觉藏在心里，像颗不定时炸弹，着实令人不安；不过，志炫也懂得自省：会不会自己太胆小、想得过多？哪有人一直为还没发生、而且可能不会发生的事情担忧？爱，不就是该勇往直前、不瞻前顾后才对？

两个人甜蜜地过了一个多月，可以说是形影不离。

过分的自由

这一天，一早志炫去接贞晴上学，便发现贞晴好像有心事似的，脸上写满了烦恼。他很自然便问她有什么事操心。贞晴不置可否，在他不断追问下，才说：

"中午吃饭时，我们再商量。这段时间，让我想想。"

好不容易熬到中午，学校餐厅人挤，他还特别带她到校外的简餐店去。

贞晴吞吐半天，才说：

"明杰两个月放一次大假，他明天就可以回到台北了。"

老实讲，这种事志炫虽然有想过，不过在他以为：既然都已经分手，那明杰放不放假，跟贞晴和他有什么相干？为什么贞晴这么烦恼？

想到这里，一股不祥的阴影袭上心头，他默默地看着贞晴，第一次真正意识到贞晴和明杰之间，好像不像真正分手了似的。

"我想和你商量：这两个月对他来讲很难熬，好不容易放大假，他很希望有人陪他聊聊天，就是聊聊天而已……你也知道，和他比较好的同学也在当兵，没人陪他，所以，他求我陪陪他，就只是陪陪他而已，而且才三天，再来他又要回外岛去了！

"我真的只是陪他一下，就像老朋友……我现在和你在一起，不可能再回头和他重新要好，只是……支持他一下……"

志炫心里其实完全无法相信贞晴的说法：她和明杰在一起两年，时间是志炫和她的十倍……而且他们是因当兵的距离分手，并非交恶，如果再让他们有机会近距离相处，上床做爱这些情侣会做的事，很自然就会发生，难道他应该这么没分寸地答应？这不就太没有原则了。

但，贞晴一再求他，一再保证她会谨守分寸，只是尽一个老朋友的义务去陪伴明杰——难道你不相信我？

挣扎了很久，最后，志炫几乎是心里淌着血答应了贞晴的要求。贞晴提出这个要求，的确是强志炫所难；但是，如果贞晴不明着跟他讲，而是用瞒骗的、用说谎的行为去跟明杰相处的话，情况是不是更糟？至少她愿意诚实地、在他的同意下去做，那么，他就有必要做得像个好情人的样子、做得像个君子，相信她……

那三天里有两天是周末假日，整整七十二小时，志炫都没见着贞晴。他想象着她和老情人见面的种种情形，坐立难安、彻夜未眠。

三天过去，仿如隔世，再见到贞晴，后者显然因为自己过分的要求而刻意讨好志炫似的，对他百般的温柔依顺；好几次，志炫想问这三天她和明杰相处的情形，话到嘴边硬是又吞了回去。

至少，贞晴还是他的，又回到他身边……

可是，两个月以后明杰又回来，贞晴再次向志炫提出要去陪明杰的要求；志炫在无可推托、太爱她怕失去她、想表现得相信她的种种情结下，再次答应；紧接着，两月回来一次的明杰，每次都有贞晴的陪伴……到了明杰退役时，痴心的志炫竟然换来了贞晴的分手宣告：

"我发觉我跟明杰还是比较适合，那时跟你在一起，可能是因为他不在、我太寂寞了。对不起。"

　　相爱的两个人之间，应该存有基本的信任，但绝对不是愚蠢得像志炫那样，让出女朋友去陪她前男友——这样不是风度，而是愚昧，被耍只能说活该。但很多人在非常爱另一个人时，往往像志炫一样，选择相信与风度，以为这样可以保住爱情。事实刚好相反。如果对方真的爱你，就一定不可能向你提出这种不合情理的要求。当他向你提出，你该考虑的不是要不要答应，而是这份感情该不该继续？

　　爱情最怕纠缠不清，旧情会复燃，就是因为有机会再相处。

　　但志炫与贞晴的案例有些不同，我不认为贞晴爱志炫，她只是因为寂寞和不方便而利用志炫让自己停靠一下而已，她对两个男生所做的事，只显现出自私、放纵、无情、不诚实和利用别人的卑劣心性！幸好遇到的是温和而很好打发的君子，万一遇上的是不成熟的男生，不知会演变出什么悲剧？

　　即使不论会不会遭拒复，但如果换作是别人这样待我们，你会高兴吗？做人还是要将心比心较好。

性就是性

性就是性，乍看之下，有些不明就里，这和"×就是×"一样，是说了等于白说的一句闲话。

其实我的意思是，不管性是如何发生、与谁发生、在什么状况或时间发生，当事者最好将它当作一件必须明快处理的单纯事件，尽量使它简单化。

在一般状况之下，性很少单独存在，总是伴随婚姻、感情、例行公事、交易、享受、发泄或献身等种种缘由宿业而为之，所以，从骨子内分析，性，无论如何不是简单或单纯的事件。

将性简单化，意指将"性"以后的可能不良后遗症尽量消除，使之仅以单纯的形态存在，不会有棘手的后续状况并发——这些后续状况，自然包括最寻常的怀孕和罹病在内。

既然当事者在两性交往中，无力（或无心）杜绝双方上床进行性行为，那么，可以控制的部分就落在"性"的结果上了。发生性行为以后的双方心态、言行或实质关系，很难由一方掌握导向；但是，如果让性只是性，让它停留在美好的享受或诗样情怀的献身之上，而不致变成贻害自己身心或戕害双方关系的祸根，则愈来愈薄弱的情爱关系，也许可以减缓绝裾的速度。否则，在现代男女翻脸像翻书般的无常中，不要让自己腹有祸种或身有病根，也是等而次之的保护。

现代人既无法拒绝"性"，那就应有常识和方式，让性只是性，不要留下恨事或问题。

单身与结婚都是选项

　　某位年轻的女记者殷勤跨过半个台北来相访。本来我因行程紧凑、时间不易安排，一直希望她能用电访；但对方认为只有当面听我说才能释疑，态度很诚恳，最终才促成这次见面。

　　其实她也有三十岁了，访问过许多人和事，多少经历过一些沧桑，那颗心，想象着该会有几许皱纹。

　　她对婚姻，或许曾有些憧憬，但随着年龄增加，阅历增进，"到了这个年龄，结婚的可能几乎已经没有。"我听着她状甚认真的心里话，微微一笑，心里感觉这就像二十岁初出茅庐的人对年近古稀的人说"人生的况味，我已尝够了"一样，有点好玩。但我没说什么，听她说下去。

　　"很多女性有极好的工作，是高级知识分子，但她们的观念还是很保守，觉得自己应该结婚才好。为什么会这样呢？有些女人说得很豪放，但不知不觉间仍会透露出她的小小愿望，只是希望有个丈夫、生两个小孩就好？怎么会这样？"

　　她好像不能接受如此言不由衷的女性，又好似在捍卫自己不婚的立场。

　　我心平气和地回答她：

"这很正常啊，人本来就怕寂寞，人是群居的动物。"

她望着我，没想到回答是这么简单；却又令她完全可以接受。

"但是，有一位朋友很奇怪，她的男朋友烂到爆，她知我知大家知，可是她还是在等着跟他结婚，难道不怕将来不幸福？"

"这就是女性天真和单纯的地方，也是一种无可救药的莽勇或盲勇。她们相信只要有爱就可解决一切，好莱坞的浪漫电影都这样告诉我们；所以即使她现在看得出男友种种不好，她却采取两种态度面对，一种是假装视而不见，故意不去正视男友行为中所透露出的危险信号；另一种则是相信自己爱情的力量，以为男友一定会在自己感召下变好。

"另外，再怎样，女性好像还是对单身生活没信心，生死都一样。死后怕无人奉祠，当然有些宗教没有这个问题，不过家中长辈如果无意中透露出怕未婚女儿往生后无依无靠这一类的忧心，多少都会造成影响。其实社会不断变迁，以前不时兴火葬，怕烧痛往生之人；现在没火葬则无葬身之地。而且从大大的坟墓到小小的塔位，现代人也不得不迁就情势改变，真的不该再有那种害怕无人奉祠的观念。何况结婚也可能离婚、有丈夫孩子一样可能被弃养，还不如自己好好规划有生之年和往生之后。当然如果安养机构做得好，至少让人多一种选择、多一点安心。

"女性终其一生似乎都在等待，单身生活仿佛仅是暂时，她们永远在等待被白马王子从单身中拯救出来，结婚成为她们人生的唯一目标。

"其实，结婚只是人生的选项之一，不应是终极目标。单身也是人生的选项之一，而非退而求其次的委屈方案。"

　　最后这位记者又问了我一个问题：像她们这样对单身生活有觉悟之后，就会想要自己购屋；可是，万一某天突然没有工作，房贷要怎么办？

　　我的回答是：每一个人都应该在生活中尽量避免被金钱所迫。不要在很短绌的财务状况中勉强购屋，应该手中有一份失业准备金储备着，被迫失业后，最少一年两年内还可以支应一切时才买屋，才不会被逼到绝境。

廖老师有话说

　　对二十一世纪的女性而言，最大的福音就是："结婚不是唯一的归宿。"但既然是出于自择的选项，不管是要结婚或想单身，对两者都要有所认识，不能只是呆呆迎接就可。单身者的生活、养老、往生，全靠一己，在心理上和实务上都得及早规划；而想要结婚者，早觅良缘和别被恶缘缠住同等重要，此外也得有心理准备：维持婚姻存在着相当程度的困难，对婚姻应有更务实的体认才好。

　　总而言之，先做务实的准备，才有可能享受它罗曼蒂克的好处。

单身与家族关系

　　单身者泛指未婚而没有家累者，不过，并不一定所有单身者皆为独居，大部分单身者，常跟父母兄弟等家人同居；即使不生活在一块，单身者与亲族家人的关系，也经常维持非常密切的互动影响。

　　家族关系，固然带给单身个体许多乐趣和温馨，但单身者更多压力、烦恼与牵绊，事实上也是由家族亲人之处给予。

　　单身者在婚姻方面的缺憾，乃由独身的自由与潇洒弥补。所以，如果条件允许，年过三十的单身者，应该考虑由父母家人的"家"中搬出，尝试并享受"真正"的单身生活，否则单身生活的真正好处，很难全般体会。

　　所谓家族影响，正面的不必举例，但负面的却所在多是，而且因个人背景殊异，而呈现许多复杂的风貌。最普遍的负面影响，乃是来自父母长辈的善意压力。现代父母，有个三十余岁的未婚子女，即使再开明，也难免会有不平衡的地方，他们会觉得责任未了，未婚子女总让人有"没有长大"的感觉，所以父母会替他们担心许多，甚至担心到父母不在以后的种种困境。我曾接触过不少年过四十的未婚女性，至今犹与父母同住，父母最大的心结竟是：他们未善尽父母之责将女儿嫁出，所以，他们觉得愧对女儿和祖先，但也隐然觉得自己的女儿不无失败与较人更弱之处。这种不健康的情绪，经常不小心流露出来，形诸语言或情绪，影响两代间亲情，也影响彼此生活的平和与快乐。

况且，两代思想与生活形态不同，互相看不惯或互相在日常行为上有乖违不谐之处，严重时甚至会危害双方身或心的健康（如静与动闹的不同，如有一方不能牺牲让步，双方皆会发生毛病。但如苟全，有一方则必得放弃自己的生活形态）。

此外，有些原来认为不可能更动的家人关系，意想不到地更动了，对于原本以为会长久以"目前状况"一起相处的单身者而言，有时是天大的震撼。而震撼之后，仍然得被迫接受变动，那是极难接受的人生困境。

举一个例子说，有一位初过三十的未婚女性，原来是与新寡不久的母亲同住一处。三十未婚，加上也无理想对象，母亲新寡，老来无伴，在她想来，下半辈子就是和母亲这样相依为命地活下去了，不想也不能再考虑婚姻的事。谁知两年以后，母亲在早觉会中结识了一位丧偶男性，甚至好到必须结婚。由于那位男士儿子已娶，母亲不想跟他子媳同住，所以便要男士婚后住到她家。结果，那位单身未婚的女儿傻眼了！母亲的人际关系变动，竟至影响她的"单身生活"也变质了，这时候考虑自己以后的事，毋宁是种残酷的凌迟吧。

现代婆媳外一章

　　两个互相看不对眼而又关系密切的人，要一起生活或时相过从，必定磨难重重；中间如果再夹着个这两人都爱的人，关系定然更错综复杂。婆媳问题，庶几就如这种状况。

　　中国人的婆媳问题，往往比西方人严重一点，主要固然因为东方人家族庞大而且来往密切，许多三姑六婆又不懂尊重他人、谨守分寸，凡事不是插手就是插嘴，把单纯的事变得天大地大且复杂万分，丰富多彩了自己的日常生活，却苛扰了其他人的日子。除此之外，中国人普遍不够独立，也是助长婆媳问题愈演愈烈的原因。

　　有位新婚未久的女性，某次偕丈夫到婆家，婆婆一见儿子，马上趋前掀开他的衣摆，探手到他里面看他穿了几件衣服，真可谓嘘寒问暖。动作之外，还开口说：

　　"这么冷，穿这么少！妈妈没有盯着你，连衣服也不会穿了？"

　　这话未必是骂人的，不过，即使言者无心，听者心里一定不会好受。这叫什么话了？那么大一个人，自己不会加衣服不说，甚至连他的太太也骂进去了。而且这么亲密的母子动作，看在妻子眼里，更加不是滋味，铁定会在婆与媳两个女人之间埋下一个火力强大的不定时炸弹，将来只要一点点引子即可引爆。

后来这做太太的又从丈夫口中得知，他们家人一向相处亲密，表达感情常以这种亲热的方式；他甚至到了小学六年级还由母亲为他洗澡。

亲密关系对家族成员非常重要，只是，如果亲密关系有碍个人独立人格的养成，亦即家族中任何一员的事情，全部须由全家族共同会商决定，或由家族中最有威权的人首肯决定，那么，那个成员的配偶，岂不有被侵犯的不愉快感觉？

我也曾目睹一位身为留美硕士的朋友，年过三十小姑独处。以她的年龄、学历及阅历，应该相当独立才对。其实不然，她买一件衣服都无法自己决定。有次她自行买下一件洋装，拿回家被她母亲否决，不得已只好再拿去店里换。只见她高堂老母当着店主和朋友的面对她毫不留情地谩骂指摘，而这位女硕士只有唯唯诺诺的份。

我当时就想，一个三十多岁的人，如此无法独立，将来即使结婚，只怕丈母娘也会管东管西，这桩婚姻的远景，就怕真会不好。

亲人如何在亲密关系中自我约束与自我突破，变得非常重要，唯有如此真正成熟的人，才可能做到不管他人家务事，也不让自己的家务事被人干扰，而且同时能享受亲人的亲密关系。

老 X 的老二

老X在三十岁之前，当然不叫老X。当时的小X，身材魁伟，风度不恶，虽然不学无术，好歹也拿到了一张几番周折费心得来的大学文凭。

毕业后紧接着服役，退伍不久马上跟大学时紧追到手的学妹结婚。人还在蜜月期，小X便谋到一份差事，和在公家机关服务的娇妻同进同出，只羡鸳鸯不羡仙地生活起来。

按照小两口计划，小小X将在三年后出生；在此之前，夫妻两人以努力赚钱、拼命存钱为要。在这大原则下，小X的口袋永远只有少量零用钱，名为存钱，其实也是小X太太的驭夫术之一——控制荷包也。

不想小X有位女同事特别欣赏他，不到一个月两人便陈仓暗度起来。这位小姐一点不在小X太太算计之中，她出手大方，且绝无"女人不付旅馆休息费"的心障。由于两情过分缱绻，没多久便惊动小X太太。

尽管小X太太也算精明干练，跟随、盯梢、谈判；无奈这位第三者摆明了不退让的蛮黄态度，小X又两头瞒骗、大享齐人之乐。结果一桩婚姻吵吵闹闹，直拖了十年才离异。

离婚后的老X，又过了三年才再婚，新娘居然不是当年那位第三者，而是另一位"新鲜人"。

　　老X的论调很简单——情人是情人，对眼即可；若是讨回家当老婆，品德可得列入考虑。这真是典型的男性双重标准——浪漫的行为（对己）、保守的头脑（责人）。浪漫的女性，岂能料到这一着？

粉红知己

　　最近坊间流行语之二为"红粉知己"和"青衫至交"，讲得白话见底一点，就是男女两性各自的异性知己——已婚者乃指配偶之外，未婚者特指不涉"性爱"或情爱的异性知己。换言之，是那么个知心体己、能安静听自己心曲、又不索取情感回馈、更不会脆弱或易感得涉及危险的意乱情迷旋涡的异性"救星"。

　　显然已婚男女和未婚单身族，对异性知己的认定存在着极大距离。据某项简易意见调查中显示，已婚者咸认异性知己不可能以只交心不献身的形式存在，因为男女关系吊诡而脆弱，一旦贴心话舍床头人不谈而就另一位异性，则二人关系难保不在水乳交融之中变色存在。已婚者显然明确预知这种"密切交往"的警讯。

　　至于未婚族则大多在"清白自持"这一点上，有着较盲目的信心。其来必有自。也许学校、职场或现有人际关系中，会存有那么几位气味相投而时相过从的异性朋友，在某种程度上，或许彼此颇有交心之感。

　　然而，那是真正的"知己"吗？真正知轻重、熟强弱、悉悲喜，完全将对方的最卑弱处揽而涵容吗？还是只是彼此互相欣赏、互相吸引？互相过招两下？

这种异性知己，通常也只能到此为止，接下去，不是转化深入成为情侣，否则即因各自有了对眼的情侣而谱上休止符，因为，真正的心曲，大概还是只有那唯一的一个人听得入耳、讲得开心吧。

红粉知己或粉红知己之不同，不外只是陈义程度不同的认定而已，已婚者不过放眼实际，更熟知人性弱点罢了。

阴影中的男人

　　男人与女人，自古即有纠缠不休的结。只是，这些情结，历经千百年一直隐伏不现，因为，长久以来，男女地位悬殊，主从相随，所以，今天看起来，全是大突小突的诸种情结，过去只属"暗疾"，缺乏明目张胆发作的机会。

　　虽说如此，那些"结"，毕竟也闹过若干或大或小、如此这般的纷争，成为男女两性的一般评价。

　　举一个例子，有人说，男人共富贵难（因为，钞票一多，男人难免被友朋亲戚鼓动得心猿意马，非藏娇、纳妾、弃糟糠迎新宠无以称雄），而女人共患难不易（夫穷志短，女人往往择高枝而栖，来一个覆水难收）。这种"见道"之言，很有些"统计"味道，大概世事总是这么回事，慢慢便可归纳出这种种现象。

　　可是，今天情况又如何？

　　性别在这件事上，显然发生了一些消长和转化。共患难的机会并未减少，但是，因为女性受教育的机会大增，谋生可能普遍存在，当家庭经济发生困难，通常女性会挺身而出。一般而论，越来越多的家庭跻身"中产"之阶，常有女性长期贡献一份收入的功劳在。而且，女性为了家庭或子女，常能牺牲个人面子或梦想、野心，谋取较不适切或较不体面的工作，忍辱负重，全力使家庭渡过难关。反之，男人为了争面子或争口气，投闲置散的机会及时间会较多而长。

这些在阴影中的男人，普遍皆不善自处。传统男性为尊的风气，一直尾大不掉，在这种时候，更加头角峥嵘，不时冒出，既刺激自己的尊严，复伤别人的感情。

这时，由于自尊脆弱，妻子往前冲或往后缩，都会引爆某些实际或纯情绪性的问题，双方如果不能戒慎处理，马上就形成家庭危机。而妻子处此微妙困难关口，真是左右为难：一人独撑，自然只有全力猛冲，但如此容易刺伤男性；如果为了顾忌男性观感往后退缩，也许就只得减少某些可以协助家庭过关或自我成长的机会。

记得某位曾经红透半边天的女歌星，她最红时，其夫正好赋闲。女歌星作秀鬻歌，每天不得不打扮得花枝招展出门。在她，这是工作，不得不尔，其实也有辛苦艰难之处；可是，看在困守浅滩的男人眼里，又哪能不因自怨自艾而转成恨意？最后当然只有走上离异之途！

足见，男人共富贵难，自古而然；患难相共，也未必如女人那样容易相处。女性争权争到今日，常常也还争不过这一关，只是徒使自己更为难罢了。基本上，一向站在阵仗前面的男人，还没有适应站在女性背后阴影中吧——或者说，那阴影只是男性心中自设而已，女人是不会让所爱者站在阴影中的。

男性心结

　　女性在往上攀爬的历程中，不免会遭受许多有形无形的阻力以及内在外在的玻璃屋顶。而这些阻力与限制，绝大部分是因为性别引起的。换言之，第三者的抗争、阻挠、破坏与杯葛，不是因为她的能力或品德，而是因为她是一个女人。男人不愿意协助女性，常常也只是因为他的男性的可笑尊严。

　　在职场中，女性的心力交瘁，来自工作本来的挑战，往往不如来自人际关系的压力那样大。而于家庭中，蜡烛两头烧，得不到另一半的鼎力协助更是司空见惯。

　　尽管女权表面高涨，女性主义深入人心，但白纸黑字看起来，仍旧是他人的事，讨论起来，谁不是头头是道，既有风度又有规矩的？但是我们如果天真地相信这种太平的表象，往后准得深受事情真相的为害之苦。因为谈归谈，做归做，事不关己，关己则无法公正持平，即使是夫妻之间的乾坤两道亦如是。

　　现代人常说女强人、大女人，好像大男人主义早已销声匿迹似的。其实，大男人主义与小男人心态根本就是共存的。许多男性，在既得利益的范畴中，丝毫不肯退让；但在可以新享的权利中，倒也乐意鸵鸟般地扮演一下小男人的角色。这种现象特别彰显在家事的不肯或有限襄助下，以及双薪家庭中，女性的所得分享的必然里。

有一对夫妻，原来夫妇皆是高薪专业人员，居高位领高薪，双方倒也相安无事。不久，丈夫中年创业，未有所成；反之，太太则职位高升，所入更丰。自此，问题便层出不穷。丈夫除了变相地以批评羞辱太太为能事，企图抹杀她的外在成就之外，并且非但不肯协助家务，相反，常常单独从事娱乐，而将孩子及家务全部留给精疲力竭的妻子。当然，全家生活所需的绝大部分金钱，完全仰仗太太。

这种作风自然引起争执，越吵越烈，越闹越不可收拾。后来找了双方信赖的中间人协助沟通，这位朋友问先生，家用仰仗太太，甚至投资基金也由太太供应，难道不觉得太太非常辛苦？有愧于她？这先生回答得妙，他说："夫妻本来就应如此。"表现出"我的是我的，你的也是我的"的大男人自私心态。但被问及为何除了偶然接送小孩之外，其余不肯帮忙？他竟翻脸气道："我是男人呐，你们还要我做什么？"意谓家事方面，男人是有所不为也。这是便宜占尽，偏偏又卖乖的最典型例子，在现今社会中，真还不少这样的差劲男人。他的大男人或小男人，完全看需要而伸缩，女人讲理，真是秀才遇到兵，奈何！

女人的强与弱

女性开始在职业场中崭露头角并且威胁到男性的立场时，有一种幸灾乐祸甚至带点恶意的耳语，开始在男性之间流传。那就是：女性既然要处处争取平等，那么，她们自然也得跟男性一样，付出相同的劳力，接受相似的待遇。这其中包括许多显性或隐性的事情：如不避讳的言语（性的骚扰、性言辞等等）；残酷的钩心斗角、权力争持；逾时加班、应酬出差等等，其间亦不乏需要类似男性体力或暴力之处。曾经有一句最流行的话说："要争平等？可以！最好连体力也要平等。"所以，男性们据此理直气壮地"考验"他们的女同事，不伸出友谊之手，也省却了绅士的礼貌——因为，这是她们自找的。

女性们也有自知之明，要头角峥嵘，自然得付出代价，否则如何自男性独占的既得利益中分一杯羹？所以，她们除了自立自强，克服心理上那看不见的限制——所谓玻璃屋顶之外，在行事上也有许多强势作为，其中有不少是相当违反"自然"的，譬如生育这件事。

生理问题一直是困扰女性的极大问题。相同的，它也困扰过企业相当长一段时间。女性就业人口，自争取更长的产假、产后续聘等现实问题，直到今天，当某些先进企业，主动给假给计划生育的女性职员时（这种生涯号称妈咪跑道，是时下时髦的名词），居然会被某些女性以为是开倒车，有损女强人风格。其间变化不可谓不大。

名满美国的华裔名新闻主播人员宋毓华，以四十三岁高龄，在最当红之际，向公司申请长假，准备"怀孕、生个孩子"。这消息被许多女性戚戚以为不可。

不可的原因，无关年龄或其他，而是她们认为，这样未免太示弱了，显得女性太不如男性的"强"了。

事事与男人相同，其实并不是真正的"平等"，譬如抽烟，又譬如刻意地显出女人味，显然都矫枉过正。生育是"天赋"本能，既是权利，也是责任，所以为生育而请假或计划请假，根本无须抱歉或不好意思。如果这是男人也能做的事，女人争着"代替"去做，那才值得商榷。或者，因为女人耻于去做，而危及人类的未来，这种行为，方是应该讨论的。

女性成长，由于缺乏先例和楷模，所以一切均在摸索中"且战且走""再接再厉"。是与非、对与错，事实上未必当时即刻就能判定，女性本身就须要训练和说服。然而，截至去年，台湾女性代夫坐牢（经济犯罪）的比例依然远超过日本等地，则台湾女性逞强与示弱的正确态度如何，似乎有讨论的必要了。

岂能朝朝暮暮

　　有一对结缡三十多年、婚姻堪称美满的夫妻，在丈夫退休之后不到一个月，开始争吵。起先是单纯某一事某些言语引起争执，到了后来，则是任何一件事任何言语都会发生纠纷，双方闹到无法继续共同生活的地步。当时距丈夫退休，不到半年。

　　原因是几十年间，丈夫正常上班，早出晚归，在家时间有限，所以家中大小诸事，全由太太安排处理。反正诸事顺遂，一切正常，丈夫只检视"结果"，无暇多管其他，自然相安无事。退休以后，时间突然多了起来，初时由于男人也须做心理调适，难免惶惑不安；加上大把时间尚未及重新规划，整个注意力自然而然全部灌注到身边的配偶身上，这才发现，怎么这件事她是如此处理？那件事她又是那般处置？

　　有了意见，难免提出干预，在丈夫这边是认为出于善意，而且也有认为自己见地较高的信心，要求太太遵从。在太太那面，却不免生气，明明自己行之数十年，还不是挺好，偏偏他几十年不管，这会儿找碴，岂不可恨！

　　少年夫妻也如此，情深爱浓，几年如一日，其实有时常拜距离之赐。A夫妇是友侪辈中公认最恩爱的，丈夫长年在外忙碌，外人以为A先生回家应是A太太最高兴的，其实不然，套句A太太的话："他在家我就紧张，不知不觉就毛躁起来。"

人家说一个厨房容不下两个女人，两头为大，不仅同性，连亲如配偶也是难的。拥有各自活动的空间，远比腻在一起容易长久。距离，有时是美感的同义词。

花与爱情

　　李芷在大学里读的是企管，毕业以后学以致用，先在一家大型中美合资化妆品公司当BM（Brand Manager），后来又跳槽到一家大型广告代理店当企划人员。由于英语通，又具有广告专业能力，所以毕业才五年，她已领有六七万的高薪。

　　这期间，她谈过两次不深不浅的恋爱，最后都以很不具体的莫名理由分手。她放眼看看他们这一行里，许多人当真抱着游戏的心情出入爱情，伤人或自遣，看来既不经心更不负责。她想，这是一个迷人的行业，但要找爱情，必须禁得起大小战后而能幸存才行。

　　她自忖没这个能力。

　　某次为了替客户找一位谙花艺的人和几件花艺作品，她结识了自小爱花、自家有花圃、自己有花艺的良三。她从未见识过如此爱花惜花、又如此手巧心巧的男人。良三弄花时那份全神贯注的神情令她动容，谈起花时的那种博学多闻更叫她折服。她决定委身给这位只有高中学历的花农。

　　婚后，她运用自己的人际关系，介绍良三去几家饭店和大公司行号洽妥定期的花艺品供给，她教良三如何自我推销，如何提高知名度、如何利用大众媒体宣传；她又自基本体制开始改造良三的花艺中心；鼓励良三分别至日本及美国研习花艺，使自己更具国际观。她也督促良三读许多各企管入门及"如何使自己更可爱"之类的书籍，使良三成为一个具有企业眼光和艺术气质的商人兼艺术工作者。

良三谈起老婆，总是大方地称她为"我的老师"。李芷则相信"惜花的男人也会珍惜爱情"。勇于去爱所当爱，勇于对自己的抉择负责，说来容易做来难。李芷算是此中实践者吧。

婚变并不可耻

　　最初将婚变拿来当作小说的题材，是有感于现阶段妇女朋友，在处理切身伤痛时，外乏法律保障和社会谅解（遑论支助），内缺自我疏导与重建的方式，必须以小说的形式具象化，提出问题，协助须要协助的人走出阴影。

　　刚开始时，总觉得那是特例，真实人生中碰到那种事，绝对是千万人中才有的一个。

　　未料接触越多，才发现人生中的种种不幸，比小说更曲折，也更残酷多样。尝试去了解某些个案，也尝试去接近那些受创的心灵，虽然有时令人感受到许多无常与绝望，不过，也更令人迫切知道，遭逢婚变者，无论男女，都须要被了解、谅解与协助。

　　有许多读者来信，提起他们的遭遇，有些类似小说所述，有些更甚于曲折。有人已经走过血泪般的从前，伤痕愈合，唯是回首前尘，仍有余悸。有人却至今仍在挣扎，载浮载沉，游不到彼岸。

　　这些朋友，都有一个共同的特点，那就是不敢或不肯以真面目示人，他们叙述遭遇，然后隐埋真实姓名与身份，似乎唯有这样，才能稍稍保护早已遍体鳞伤的自己不再受伤。

这种行为透露了两种讯息：其一是她们须要倾诉，也须要精神上或其他方面的协助；其二是，她们觉得婚变是种失败或耻辱，不能明白让人知晓，即令是朋友。

有位刚刚婚变的朋友告诉我，她无法很大方地告诉别人婚变的事实。因为，许多人的第一个反应是：她一定有什么毛病、错误或罪过，否则她的配偶不可能绝裾而去。因此，在那种眼光之下，她可能是个失败者，或是个有罪活该的人，或是个残缺而没有明天的人。所以，那些人非但不能了解，更不用说谅解或其他了。也因此，她被人当作瘟疫看待，唯恐她的婚变会传染给别人。

其实，我们的社会，导致婚变的诱因，越来越多；而存在于当事者心中的规范越来越少，也越来越弱。有些人，身不由己陷入必须抛弃旧人就新人的泥淖；而有些人，确实视他人的伤痛如无物，非常铁石心肠地踩在原是枕边人的心尖上。

婚姻是种合伙事业。两个人以此串演的舞台，如果没有合作诚意和努力，任何独角儿都扛不起整出戏的。所以，婚姻败坏，总有不得已的情由，否则谁愿意一手摧之毁之？

因之，婚变以后，一定要能有自救图存的心；有了这种意志，才能以坦然的面貌，寻求协助和咨商，然后才可能重见阳光。

求救的讯号，一向必须明确急切，才可能唤起愿意支援的人。婚变不是罪，也不可耻，请走出阴影，向阳光招手。

分手的善意

【案例】

　　这是我最近到北部某大学演讲时，该校工学院院长告诉我的一个非常令人痛心而难过、发生在该校化工系四年级学生身上的悲剧。由于这起案例牵涉到年轻学子之间有关分手和被要求分手的种种态度、对应、疗伤止痛等等层面，也关乎生命价值与爱情重量的诸般疑虑，所以我打算用比较多的篇幅，来谈一谈有关的各种问题和对应。在进入讨论之前，当然必须简单叙述一下这起事件。

　　这桩案例（其实用案例谈这种事，让我觉得太轻，因为它是真真实实发生在一个年轻人身上，事过境迁成为案例，委实教人不胜唏嘘）其实非常简单，男孩（我们姑且称他为政哲）进入差堪满意的大学和科系就读，他家住南部，父亲在当地乡公所服务，母亲是家庭主妇，十八岁以前一直在家乡的中小学就读，可算货真价实的乡下孩子，也是家中三女一男的独子。

　　政哲考上北部大学，背负着父母的重大期望，负笈他乡，住在学校宿舍里。

　　正值青春期的政哲，即使沉默寡言、内向老实，但对异性却也一直充满好奇，更憧憬一段罗曼蒂克、纯纯的爱。但是他就读的学校之前系以工学院立校，改制以后，也是男生压倒性多过女生；政哲又天生宅男型不擅交际，看到女生先畏缩一半、根本谈不上话，所以一开始算是"乏人问津"，整学期下来，除了班上几位同学和室友之外，只能以一匹狼的姿态，晃荡校园。

两个月过去，他在同班兼室友小朱的强力邀约下，勉强加入某社团，正好赶上参加期中考之后社团举办的一次大型登山活动：两夜三天。

就在那次活动中，他和小朱一起认识心理系的两个女生：艾莎和尤玲，由于生长农村乡下，对大自然和许多野生动植物多有认知，政哲无意中信口说出几种植物名称，引来其他几个都市小孩的折服，一路上巴着他几乎每事必问；政哲没想到自己这些看似天经地义的"本事"，居然引起那么多人的兴趣，不知不觉也被撩起兴致，话多了些、人也幽默起来，多多少少便有点儿卖弄的样子。

可因为他平常实在太自闭了，这会儿放得开，反而显出了可亲可爱，三天下来，他和小朱二人，都是与尤玲、艾莎走在一起，挨在一块，登山结束，四个人好像就真的熟稔起来了。

回到学校不久，有天寝室里刚好只有小朱和他两人在，小朱意有所指地问他："你觉得艾莎怎么样？"

其实登山时，小朱接近两个女孩的刻意，政哲早就感觉出来，只是不确定小朱看上的是哪一个而已。政哲对这方面虽然既没天分又缺经验，但这一点点敏感倒是有的。

"还好吧，长得很可爱。"

小朱顿了一下，又问：

"那尤玲呢？"

"也差不多吧。干吗？你到底要把谁？不会一次追两个吧？"

"把你的头！还把十个咧！我只是问你对尤玲有没有感觉？如果有，我们就一起行动，这样刚开始比较方便，不会被拒绝。"

在这之前，政哲倒是没能看出小朱喜欢的是谁，艾莎和尤玲又如何呢？那几天枨处，虽然他讲了不少话，不过都不是对特定的哪个人讲的；而且由于陌生而不好意思，他其实不敢正面盯着她们看，只有不经意的几眼，曾经扫过她们……

但是，一半出于对爱情的憧憬，一半觉得不想扫小朱的兴，那之后他真的跟着小朱一起行动，用各种名目约了艾莎和尤玲出来玩；最后不矢怎的，就演变成两对各自行动。到了暑假，他和尤玲已经有点难分难舍，起先他还回家乡去，后来禁不起两地分隔，他干脆预先在校外租了学生套房，然后每天骑机车往返台北打工，借机和尤玲见面。

大二开学，小朱与艾莎短暂交往之后，因为一些不为人知的原因而分手；倒是不被看好的他与尤玲，成为真正的"校对"。

大二、大三，然后大四，他们足足好了三年，虽然也吵架、冷战、生气过，尤玲怨他不懂女生、不体贴、不浪漫，但他却是从不懂而学习、努力，非常认真地想要对尤玲好……真的，他们一起经历过很多人生的第一次，甚至见过彼此的父母和家人、不止一次地讨论过未来的计划，那当然是以在一起为前提……

可是，大四开学后大约一个月，尤玲先是冷淡，继而疏远，然后在有一天突然对他说：她爱上了医工系的一个男生，要求分手。

政哲一开始非常震惊，不敢置信，他一直问尤玲怎么会这样？他到底做了什么？他们不是讲好了未来要一起继续深造？为什么突然就一切生变？他要知道为什么？

尤玲只是冷冷地回答道：她不想回头去向他解释一切，她只能说，也许他们本来就不适合，只是以前年轻不懂，以为那就是爱……直到遇见了新恋情，她才发现自己错很大……

尤玲并没有花太多时间在解释上，好像恨不得赶快结束她和政哲的谈话，以及过往他们共有过的人生似的！政哲完全无法接受她把他当瘟疫、必欲去之而后快的这种无情态度。

从被要求分手的震撼中醒来之后，他变得无比心痛和伤心，他不能就这样放她走，他打手机给她，她连接也不接；他去找她，被她摆了最难看的脸叱责："我已经说要分手了，你应该像个男子汉祝福我才对，不要再来缠我。那样我很为难的。"

那么我们的过去像什么呢？我们之间并没有剧烈的吵架，这个暑假，他和她还一起到澎湖去……难道这一切都是假的？或者如她所说，一切都是错的，一错就将近四年？

这样的说法他不能接受，那等于是否定了他们在一起的四年；他不明白事情怎么会变成这样？他想知道真正的原因，否则无法平静……

小朱和这几年结交的众多好朋友山头、阿马都和他租同一间公寓，知道了这件事，不约而同都来陪他，有劝他的、有听他说话的、有陪着他一起买醉的、有晚上担心他孤独一人想不开而在他房里打地铺的……整整一个多星期，这些真挚的友谊温暖着他受创的心，一日日地，他觉得自己好像好了一些，不再想要一个解释；虽无法真正平静，仿佛还有点伤痛，不过能感到肚子饿、不再觉得恶心，是应该靠自己疗伤止痛的时候了！朋友们也有自己的事要忙，他不能老是靠他们。

就这样，阿马和小朱被请回去，他们都确实衡量过他的状况才放心回房去的；而且在离去前不断叮嘱他："有什么事就叫我们，任何事都可以……难过的话就来敲门。"

好友离去以后，政哲决定到外面吃一碗面。他骑上机车，感觉到自己将形单影只好一阵子；这条路，在过去三年，他和尤玲走过多少回，每次她都抱住他，紧紧地依靠着他，如今却……

他骑到经常去的一家面摊，车刚熄火，正要下车，却见尤玲和一个男生亲昵地坐在较远的一桌，她正夹起一块豆干塞到男生的嘴里。

政哲的血液在瞬间冻结，几乎从机车上摔下！

他咬紧牙关，用尽全力发动机车，掉头而去！

然而，没骑两步他便全身颤抖、热泪夺眶而出！

她怎能这样？两星期前，他们还热情地亲热过，但三天后，她竟来对他提分手；而他刚刚目睹了她对那男的做着三年来惯常对他做的亲热举动，教他如何去相信她情感的真假？移情也就罢了，怎会说变就变、那么教人措手不及！

他或许终究得走过她的背叛，但教他如何神色自若、视若无睹地在校园的任何角落，冷不防冲撞上她与新欢的亲热戏？

她当他是个人吗？这样凌辱他、这样无视他的存在！连一点点念在过去的情分都没有！

压死骆驼的最后一根稻草，正是这不留余地的绝情。才刚迈出复原的一小步，却当胸被刺穿心脏！政哲在这一刹那间彻底崩溃了！

就在这缺乏朋友关注的情况之下，无意中受了致命一击的政哲，脑中除了混乱和悲伤的过去，再也容不下其他！

他去街上买了木炭，在最失序的夜里结束了自己年轻的生命。

廖 老 师 有 话 说

在他下这个决定之前，他没有多想一下这世上许多真正爱他、关心他的温暖；他也来不及提醒自己，失恋这件事可以说是人人必经的一件事，哪一个人在一生中不曾狠狠地被爱伤过、被情害过？爱情固然重要，其实从没重要得胜过其他真正重要的事，因为我们在一生当中的不同时候，会遇见不同的异性，一起陷入情网，在今天这个社会，应该没有哪桩爱情事件伤得了我们，因为，没有这个、还有那个，这世界上到处都是在追求或等待爱情的男女，只要认真想要，不会找不到可以爱的人，不会陷入绝境——失恋哪值得我们用生命相殉？尤其是为那个背我们而去的人！

在这里，我想严正地告诫年轻朋友：分手有时不可避免；不过切记一定不要做得太没有人性，那不但有损自己的为人，很可能也会影响自己的幸福与平静。

面对分手

　　许多人都不知道，我们的一生，其实都不断在面对失去的状况：小时候，我们往往必须面对因为搬家而失去好朋友和好同学的遭遇；我们还必须面对失去最心爱事物的难过，我小学二年级时，父亲送我一个非常漂亮的粉红色进口铅笔盒，第二天带到学校去就被偷了！我不能检查同学的书包，所以阿Q一般地期待会在放学路上的某一个地方找到它（我但愿它是被我不小心给掉在路上了），因此我像发疯一般一次又一次地来回搜寻，从中午放学一直找到黄昏，那种愤恨与不甘心的感觉，到现在都过了几十年了，回想起来竟然还清晰地感受到那种痛彻心肺的苦。也就是那一次，让我首次了解，有人会觊觎别人的事物、并且占为己有；同时也让我明白，心爱的事物有时可能因不小心不注意而永远失去，不管你多么难过不舍……

　　随着年龄逐渐增加，人更会失去许多珍贵的事物，例如机会、财富、工作、健康、器官（我就割掉盲肠和左侧卵巢）、爱、亲人、重要的人等。因此，人活着，虽然也不断得到各式各样的东西，却也无时无刻不面对着失去的状况。所以说，失去虽非常态，却也十分寻常，我们无法对它视若无睹，也不能老是败在它的伤害之下。我们应该正视它，并学会疗伤止痛；甚至在失去过后，得到警惕与经验，让自己变得坚强，足以应付往后的惊涛骇浪。

谈到失去，不免就会碰到失去的爱恋。像爱情一样，在这社交如此频繁、男女碰撞有如风拂过树梢的时代，我们一生遭遇的情变，一定也和遇到的爱情一样的多，各位如果不相信，可以想想：有多少人是和初恋情人结婚的？尤其较早发生初恋的人？

为什么？原因大约可以从两方面来讲，一是从爱情本质来探讨。正如我一再说的，爱情绝对会变，因为爱情最大的特性就是变。这也就是近来坊间喜欢讨论"爱情的保鲜期有多久"的原因。人们确实感受到爱情不易维持的压力。过去传统社会里，女性通常足不出户，未婚者学习琴棋书画、女红等等，为未来嫁做人妇做准备；已婚者相夫教子，也是足不出户，既已定亲婚配，自此便从一而终，再不变卦。男人的天地相对性很宽广，他们有机会碰到欢场中女性，或功名高中后，有高官会将自己女儿许配给他们。但是，原配总是原配，若要休妻，没有好的理由还是会被舆论鞭挞。在这种情况下，爱情要变没那么容易，大多也能相守到老。换作现在，即使只是擦肩而过的异性，都可因邂逅而有情，爱情充满了试炼和挑战，也充满"变"的危机。

可以说，只要有机会和意愿，爱情就可能会变化或变心，不是你变，就是对方变，情变当然紧接着就得面对分手。

从另一方面来看，爱情会变是"人"的关系。一个人，随着年龄、环境的不同，种种观念必当跟着转变，对爱情的看法亦当如是；所以，年轻人瞬息万变，少年、青年到完成学业、出社会做事，所有的想法、看法紧跟着变化，对爱情和喜欢的条件，更是不知不觉在改变；也许还来不及意识到自己的改变，而感情却早已转移目标先行偷渡了。

"变心"，基本二不是罪。分手，往往也情非得已。但分手时的态度与做法适当与否，却会影响对方和自己的心情，有时甚至影响对方的生死，不得不慎。

之前我谈分手，把重点放在被要求分手者的承受与复原。但我现在要特别强调先提出分手者的做法。因为很多被要求分手者，往往都是必须在极短时间内，同时承受被要求分手的痛苦，以及目睹情人与新欢同进同出的不堪羞辱。这两种极端的难堪，往往令被要求分手者难以承受，有人一时招架不住，很可能想不开而做出伤害自己的事。

在爱情之中，先要求分手的人，一般都是爱得比较少、同时也相对游移者。爱得少的人本来就享有比较大的自由和比较多的选择；而且因另外爱上别人而想分手的人，通常也无法将心比心、设身处地想想对方眼前的处境与心情。既然都说好分手了，要求分手的人自以为已交代清楚而理直气壮，恨不得尽快摆脱旧情人，飞奔前去与新情人双宿双飞；根本无法理解一个人被抛弃时的震撼、不甘、伤心和无与伦比的痛苦、脆弱；所以他（她）也无法了解旧情人看到他（她）和新情人手拉手一起出现在校园中时，那种如矛当胸刺下的极痛与极度羞辱！或者这样说吧，他也许想过，但并不特别在乎这种事；他认为这是分手的对方必须忍受的事！何其残忍！又何其绝情！

如果你们曾经爱过，曾经真心一同走过一段路，请留一点点善意给对方，至少两三个星期内别和新人一起亲热地出没在你曾和旧情人经常一起出现的场域！请给对方留一丝丝可以喘息的空间、给他一点点最后安全的空间，帮助他尽快自情伤中恢复过来！这是曾经爱过的人最起码的温柔与善意，难道相爱的那两年（或任何年数），不值得你如此做？

我知道你的新欢或许会不高兴，但我觉得如果你要求并解释，他应该会接受——至少这是你要求对方分手、理当付出的歉意。

两三个星期非但不会影响你和新欢的感情，相反，更能替你自己加分——让你看来更有人性一点。

被要求分手的人，一定会有很多负面情绪。被欺骗、被背叛、被羞辱、被伤害、被……；不甘心、不相信、不想放手、不能接受……

的确！谁不会这样想呢?

不过，如果我们看清楚所谓的爱情，其真实情况不过就是男孩离开女孩、或女孩离开男孩，我们也许就不会那么难过了！人家说：天下事分久必合合久必分，爱情通常是合久必分，除非结婚，否则不是此时分，就是彼时分；有时结婚后，男人和女人终究也是分开一途：不是生离就是死别。这是自古以来大家都明白的事。举凡有爱就有分离，我们承受伤痛，再努力复原；再爱，然后会在某一次恋爱中修成正果，找到同甘共苦的人。

我们这一生，没有一个人会从头到尾陪我们走完全程，而是某一个人陪我们走一段、另一些人陪我们走另外一段；总是这些人那些人在我们的生命中来来去去、出出入入。那就是缘分、就是遇合、就是爱情或友情；他们的来去，在我们的生命中留下一些什么、带走一点什么，有欢笑有痛苦。不管是什么，我们的生命就是我们的生命，或许有加有减，但它就是我们自己的所有、我们的根，不能因为那些加加减减而跟着动摇摧折——我们还有自己的路要走，所有出出入入的人都是过客，伤害不了我们。

这样的话，或者年轻人不见得完全了解；简单地说，不管爱情如何甜美、如何摧心伤肝，一定要记得它是我们生命之外的事物，随时会再来，不值得为它伤害我们的命脉。情伤一定会过去，只要大家听我的建议，记住下列一些重点。

失恋复原首要就是千万别独自在暗夜哭泣。要找人陪伴、找人倾诉、找人倾听。不要害怕失态或被嘲笑。

找什么人支援或陪伴？最好是有几个好友轮流陪伴，不分日夜，能有几批人最好，不要逞强三五天就把朋友支开，情伤最难熬的是前两三个星期（当然会因人而异），所以这段非常时期千万别独处。

廖老师有话说

但是那股闷气和哀怨怎么办？

先找学校辅导处的辅导老师，不管倾诉或被倾听，辅导老师都是最好的人选。近年来我在多所大专院校演讲，发现各校辅导老师都出自内心关怀同学、希望以他们的专业协助同学渡过难关，是同学们可以信赖求助的对象。

康德说："健康使人往外走、生病使人往内走。"反过来看也可以，如果能在同学陪伴下晒晒太阳最好，比总是闷在室内好多了。

此外，分手以后要有心理准备，不知什么时候会撞见旧情人和他的新欢——一定要顶得过，他曾是你生命中的过客，现在已成过去，你把房间收回来了，现在正在整修——你把那段回忆暂时打包，现在不要翻阅了！他也不过是校景之一而已，你顶得过的！

分手比开始重要

　　数年前，我普写了好几篇有关爱的本质以及分手的态度和EQ等关乎基本教义的文章，希望在论述爱情的种种面目和变貌时，能让同学们有所依循而逐渐明白两性交往的真谛，并减少因爱情带来的严重且非必要的伤害。

　　不过，撰文当时，不想因过度分析爱情的负面情况而影响同学对它的观感，所以只是简单带到；有关案例也尽量减少。

　　但是，这几年间，恋爱风潮诡谲汹涌，谈恋爱的年龄大幅降低，情杀或爱情伤害事件大量增加，不仅震惊社会，也让青少年们衷心惶惶，对"爱情"既爱且怕，不知该怎么爱才能健康又平安？万一两个人不适合，中途走不下去了，又该怎么平和地分手，既不害人也不伤己？

　　其次，到底那些不愿分手、分手就要伤人性命或伤人名誉的危险情人有什么特征？相爱的时候浓情蜜意，谁知道对方竟会成为危险情人？到底什么样的行为、何等征兆就是危险讯号？

　　同学们或以为：校园里大部分是纯纯之爱，应该不可能发生那种情杀或坏人名誉的事，那些都是社会上不成熟大人们的恶行，我们不必提早知道，更别说是预防了。

错！

最近好几件情杀事件都发生在校园：班对、校对、系对，天天相守在小小的校园之中，吵架、分手、劈腿、移情别恋，其实双方形迹更无可躲藏；所以不甘、痛苦、愤怒的情绪反而更没有可以缓冲的空间和时间，所以就更容易产生短兵相接的纠纷。

我现在要简略提几件爱情伤害事件，让同学们了解可能的前因和后果，也才能明白提分手和被提分手者的心境差别，庶几能以同理心去谨慎处理感情事件。

【案例】

2008年12月间，台南县致远学院发生一件残酷的情杀事件。就读该校三年级的男学生洪琦，驾车尾随分手女友刘芳瑜和她新男友共乘的摩托车，在众目睽睽之下，自后冲撞摩托车倒地，洪琦往前开了二百公尺后逆向回转，慢速碾过刘芳瑜，接着再倒车第二次碾过刘芳瑜；随后又想碾压摔倒在地的情敌颜同学，幸好后者跳上旁边的安全岛，所以只被冲撞上安全岛的洪琦车子碾伤脚部；但是被两度碾过的刘芳瑜却因肝脏等多重器官破裂，在送医急救后，于次日上午不治身亡。

洪琦两度碾过刘芳瑜之后，停车打开车门，想将刘芳瑜抱上车子，准备利用前一天事先买好的沙拉油、木炭、汽油及瓦斯炉，带着刘芳瑜自焚。这时在路旁的萧姓和袁姓同学上前阻止，多名路人也一起上前制伏洪琦，并且向警方报案。

洪琦和刘芳瑜是同班同学，本来是男女朋友的关系，但在情杀案发生的那年8月间，两人感情生变分手，刘芳瑜另结新欢，与也是同班同学的颜同学亲密交往。（到底是先和洪琦分手再另结新欢，还是习结交新男友才与洪琦分手，此事无从查考。不过，由后来所发生的各种事端看来，分手和另结新欢这两件事，似乎是非常紧凑接续发生。）

刘、颜交往之后，洪琦看在眼里非常受不了，所以常用言语或手机简讯恐吓二人；2008年12月16日上午9时，洪琦因喝酒后在教室喧闹，最后由校方送往麻豆新楼医院就医，随后通知家长将其带回台北。如果这时家人能够更密切注意洪琦的动向、更紧密地陪伴，也许就不会发生后来的惨事了。

第二天，洪琦向家人佯称要回麻豆取行李回家，一个人开车南下回到麻豆住处。那时他显然已做下要杀刘芳瑜再自焚的决定，他先去买了沙拉油、矿泉水、木炭、啤酒、高粱酒和汽油，再找同学到住处喝酒。因为他刚发生过喝酒闹事的事情，所以同学不敢让他喝酒，劝阻他之后又把酒拿走。

次日，12月18日上午8点多，洪琦带着汽油开车到刘芳瑜住处埋伏，看见颜姓同学骑机车来载刘芳瑜出门，接着就发生上述的汽车杀人惨案。

检察官认为，二十一岁的洪琦无法处理感情问题，竟下手剥夺他人性命，手段凶残，令人发指，依杀人罪嫌将他起诉，求处无期徒刑。

洪琦的一生，相信至少有二十年要在牢狱度过（判刑未定谳，若是无期徒刑，假释多半可少服一半左右的刑期），四十岁出狱，人生大约还有一半，不能说这一辈子都完了。只是，他本来可以有别的选择。

至于他剥夺了刘芳瑜本来可以有无限可能的人生，不知是否有任何无形的处罚？

除了当事人之外，我相信至少有两个家庭都毁了！逞一时之快动私刑，不仅无知，而且非常自私。

洪琦事件并非单一的校园情杀事件，更早有台湾"清华大学"洪晓慧王水杀人事件，洪晓慧已经服完刑出狱，但她的人生相信也无法如她最早的期望。

最近才发生的一起社会情杀事件，男主角二十五岁，被杀的女主角则只有十九岁，因为男主角脾气暴躁，动不动发怒，做发廊助理的女孩才决定离开他。男生也是预谋杀人，先到警局报案说女生在网络上毁谤他，由警方约谈女生，男方则守在警局外等女方出来，撞倒她的摩托车，再骑在她身上，乱刀（二十五刀）刺死。男生真是罪无可逭。

比起为情杀人，更多的是为爱自杀或自残，这都是可悲可惜可痛的事。台湾人不太会处理感情事件，根据妇女新知统计，一年半来，恋爱暴力与情杀案件，平均每月有十四点七件，大约每两天发生一起，三十六人丧命，波及范围多达四百七十六人。这显示出我们的社会有非常严重的亲密关系暴力问题。情杀的两大主因，第一是"对方提出分手"，占六成五二；第二是"对方另结新欢"，占一成二五。两项合计七成七七——非常惊人的数据，也显示台湾人"不能好聚好散"的严重问题。

廖 老 师 有 话 说

大部分会犯下情杀案件的人都具有"危险情人"的人格特质，只要在相处时稍稍注意都可以发现。

一、他非常好妒。

很多人都认为好妒是代表那个人非常爱你，所以情人好妒往往让他们沾沾自喜；而且还可能误以为嫉妒对两个人的爱情会有加分作用。

其实一点点的嫉妒或许是正常的，但太多却是一种危险的征兆，尤其是如果对方的嫉妒并不是你造成的时候。

什么叫作你造成的？

譬如：当你们交往到某种程度，你却依然保有太多秘密，你在交往过程里，从不认为自己必须向谁解释什么或交代什么——你的我行我素，日久必会造成对方的猜疑。

大多数的情侣都需要适当的保证与鼓舞，所以，如果你们已是男女朋友，那么，当你要出远门、要去远处旅行，应该报备一下。如果你已经尽可能让你的情人得到慎重的保证，但还是无法消除他的妒意，也许你对这个好妒的情人就必须小心一点了，那很可能是危险情人的征兆之一。

二、他是一个控制狂。他不但希望控制你的行为，也希望控制你的想法，你做什么都需要经过他的同意，在这种过程中，你会慢慢失去自我。他的妒意不但是一种病症，也是他的行为模式，在你们的关系中，对方随时闯进来质疑东质疑西，那种疯狂的怀疑，会大量消耗你的精力，还会不停地侮辱你，让你生不如死。这种危险情人还可能这样做：

1. 他会在三更半夜打电话突击检查。

2. 他会盘问你的朋友。

3. 他对你的老情人充满敌意。

4. 他搜查你的东西。

5. 他不只威胁你，还说如果失去你就要自杀。

三、他容易出现周期性、短暂且强烈的心情恶劣、易怒或焦虑的情绪。

四、最近跟人打过架、容易和人发生大冲突。

五、最近一个月出现可能触犯法律的行为。

六、他不信任自己（多疑）。

七、不信任身边的人。

八、近期曾有伤害自己的行为。

九、言行举止常不经理性判断，也不在乎后果。

十、不太允许伴侣或情人有自己的意见与自由。

十一、有暴力、酗酒、赌博或吸毒的经验或习惯。

恋爱中的人，因为激情迷惑，往往选择忽视看到的征兆，所以才会忽视对方那些非常明显的危险言行，让自己陷入可怕的危险境地。恋爱时要睁大眼，这是绝对必要的。

此外，我又要旧话重提，谈恋爱还是要慢慢来，日常相处认真观察，不要急着上床或同居，一旦进行到这一步，即使发现对方是个危险情人，你想分手，对方只怕不会善罢甘休。